딕스전기

FANTASY FRONTIER SPIRIT

봉사 판타지 장편 소설

딕스전기 8

봉사 판타지 장편 소설

초판 1쇄 찍은 날 § 2015년 1월 28일
초판 1쇄 펴낸 날 § 2015년 2월 4일

지은이 § 봉사
펴낸이 § 서경석

편집부장 § 권태완
편집책임 § 박용서

펴낸곳 § 도서출판 청어람
등록번호 § 제387-1999-000006호
등록일자 § 1999. 5. 31
어람번호 § 제1-2043호

주소 § 경기도 부천시 원미구 부일로 483번길 40 서경B/D 3F (우) 420-822
전화 § 032-656-4452 팩스 § 032-656-4453
http://www.chungeoram.com
E-mail § chungeorambook@daum.net

ISBN 979-11-04-90092-1 04810
ISBN 979-11-316-9163-2 (세트)

봉사 판타지 장편 소설

FANTASY FRONTIER SPIRIT

딕스전기

8

DIX SAGA

도서출판 청어람

CONTENTS

제1장

프레드릭 성을 향해서

“여보, 304호 손님 이상하지 않아요?”

“왜?”

“벌써 3일째 객실 밖을 나오지 않고 있잖아요.”

아내의 말에 심슨은 고개를 갸웃했다.

3일 전 얼굴색이 유난히 창백한 한 남자가 비틀거리면서 찾아왔다.

숙박업소에 사람이 찾아오는 일은 환영할 일이다.

하나 그 젊은 남자의 얼굴은 병색이 너무 완연해서 ‘이러다 송장 하나 치우는 게 아닐까?’ 라는 생각이 들었다.

걱정이 된 심슨은 여관이 아닌 병원부터 가보면 어떻겠냐고 그 손님에게 말했었다.

그 손님은 그의 말을 듣지 않았다.

부부는 그때 받은 손님으로 인해서 잠시도 걱정을 떨칠 수가 없었다.

"기척은?"

"노크를 하면 반응은 있어요. 힘없고 갈라진 음성으로 대답은 하긴 하던데. 영 불안하네요."

"어쩌겠어. 당사자가 저리 고집 피우는데. 일일이 신경 써 봐야 우리만 골치 아파. 그보다 우리 도시는 무사할지 모르겠어."

카운터를 닦으며 심슨이 깊은 우려를 목소리에 담았다.

그러자 그의 아내는 남편이 무슨 말을 하고자 하는지 알고 있다는 듯 고개를 끄덕였다.

"그 생각만 하면 밤에 잠이 안 와요. 마인 노도가 우리 도시에도 오지 않을까 싶어서요."

이들 부부가 여관을 운영하는 곳은 아르노아 시에서 가장 가까운 피로시아 시였다.

아르노아의 대참사는 그 주변의 도시와 마을을 공포로 몰아넣었다.

해가 지면 사람들은 문밖 출입도 하지 않았다.

장사꾼들에게는 이보다 더 끔찍한 재앙은 없었다.

"그래도 민간인은 해치지 않았잖아. 그러니 괜찮을 거야."

아내의 걱정이 생각 외로 깊어 보여서 심슨은 그녀를 위로했다.

요즘은 어디를 가나 마인 노도에 관한 이야기뿐이다.

"그런 끔찍한 인간 망종들은 하루빨리 없어져야 하는데. 그래야 우리 같은 사람들이 맘 편하게 살 수 있을 텐데. 안 그래요?"

숙박업의 특성상 외지인들의 왕래가 많아야 한다.

하나 마인 노도로 인해서 요즘은 여행객의 수가 현저히 줄어들었다.

이러다 보니 도시의 경기가 연일 바닥이었다.

"그런 사람들이 우리 사정 같은 거 안중에나 있겠어. 다들 제멋에 취해서 살지. 자, 자! 이제 우울한 얘기는 그만하고 일이나 합시다."

서로를 위로하며 힘을 얻은 부부는 다시 단조로운 일상으로 돌아간다.

이들은 자신들이 누리는 일상의 소중함을 누구보다 잘 알고 있었다.

그때 이들의 좀 전 대화의 주제가 되었던 304호 손님이 계단을 천천히 내려온다.

상당히 불안정한 움직임이다.

기척을 들은 부부의 고개가 동시에 계단으로 향한다.

"어멋, 내려오셨어요?"

부인의 얼굴에 화색이 감돌았다.

어찌 아니 그러겠는가. 송장을 치우지나 않을까 했던 그 걱정이 싹 사라졌으니 그녀의 반가움은 당연한 일이다.

심슨 역시 제 아내처럼 온 얼굴에 반가움을 드러냈다.

부부의 걱정을 샀던 304호 손님.

놀랍게도 그는 딕스였다.

과연 그의 안색은 부부가 걱정했을 법했다.

"산책 좀 할까 해서요."

딕스의 목소리엔 기운이 없었다.

아직도 몸 상태가 정상을 찾지 않았음이다.

"밖이 쌀쌀한데 괜찮으시겠어요? 무리하지 마세요. 건강을 생각해야죠."

인정미 넘치는 아주머니의 당부에 딕스는 가볍게 고개를 내저었다.

띵!

순간 그는 현기증을 느꼈다.

기울어지는 몸을 지탱하기 위해서 딕스는 테이블을 붙잡았다.

이에 화들짝 놀란 주인 내외가 급히 달려와서 부축의 손길을 내밀었다.

딕스는 이를 사양하곤 의자에 앉았다.

'아직은 무린가? 휴우.'

딕스는 주인 내외의 시선도 신경 쓰였고, 방 안에만 있는 것도 답답했다.

그래서 이 두 가지를 한 번에 풀기 위해서 겸사겸사 내려왔더니 이 모양이다.

그나마 송장 치울 걱정을 주인 내외의 머리에서 지워준 것이 노고에 대한 보답이 되었다.

이 점도 현재의 딕스 입장에선 안도가 되는 부분이긴 하지만.

발걸음을 객실로 곧장 돌리기에는 무리라고 판단한 딕스는 적당한 곳에 엉덩이를 붙였다.

"잘 생각했어요. 이런 날씨에 나가는 건 몸에 안 좋아요. 따뜻한 차라도 내드릴까요? 아, 투숙객을 위한 서비스니까 부담 갖진 마세요. 호호."

"감사합니다."

딕스는 무겁게 가라앉은 시선을 창밖으로 던졌다.

지금 그의 머릿속은 몸 상태만큼이나 편하지가 않았다.

이곳은 오거 굴이다.

까딱 잘못하면 그 즉시 사살된다.

위험한 선택이긴 했지만 그로서는 이 방법뿐이었다.

'얼어 죽는 것보단 이게 낫지.'

자신의 몸 상태를 생각하며 딕스는 무심결에 중얼거렸다.

"시간이… 부족해."

"예?"

"아, 아니에요. 혼잣말이에요. 차, 고맙습니다."

"고맙긴요. 그나저나 정말 병원에 가지 않아도 되겠어요? 내가 실력 좋은 의사를 아는데, 우리 집 단골이시거든요. 혼자 가기 뭐하면 내가 모셔다 드릴게요. 가게도 한산하니까 부담 갖지 마세요."

아주머니의 친절에 딕스는 가슴이 따뜻해져 왔다.

세상이 각박하고 모진 것 같아도 바로 이러한 사람들이 있어서 정, 배려, 희생이란 말이 사라지지 않는 것 같았다.

"친절에 감사합니다만 전 괜찮습니다. 이대로 한 며칠 쉬다 보면 나아질 것 같아요."

"그렇다면야 어쩔 수 없지만 그래도 필요하면 언제라도 부탁해요. 손님, 그런데 고향이 어디래요? 억양을 들어보면 북방 쪽 사람 같은데."

제국과 공국은 북부 동맹이 성립되면서 사이가 무척이나 나빠졌다.

그러니 자신이 공국인이라 말했다가는 분명히 귀찮은 이목을 끌 수 있음이다.

적당히 둘러대려던 딕스는 굳이 그럴 필요가 없었다.

때마침 이남이녀가 한산한 장내로 들어왔기 때문이다.

주인아주머니의 얼굴에 웃음꽃이 활짝 핀다.

"그럼 들어요. 필요한 게 있으면 말하시고요."

딕스는 다시 창밖으로 고개를 돌렸다.

조용하던 장내는 젊은 남녀의 수다로 소란스러워졌다.

아니, 활기를 띠었다.

이 중 한 여자가 딕스를 흘끔거렸다.

병색이 완연한 그의 모습은 여성의 모성을 끌어올리는 묘한 매력을 풍기고 있었다.

그녀의 시선이 딕스에게로 향하자 그 일행도 그에게 관심을 보였다.

"저 사람, 분위기 괜찮다."

"아픈 사람처럼 보이는데."

"그러게."

여자들의 관심이 딕스에게 향하자 그녀들과 함께 온 남자들은 대번에 섭섭함을 드러냈다.

덩치 큰 남자가 퉁명한 어조로 모두가 들으라는 듯 크게 말했다.

위층 객실까지 저 목소리가 들릴 것 같았다.

"쳇, 저리 비리비리한 놈이 뭐가 좋다는 거야."

"행크, 그런 말 실례잖아!"

"난 뭐 혼잣말도 못 하냐?"

"그게 혼잣말이야? 고함이지."

"그렇게 관심 있음 대시해 봐."

"쉿! 저 사람이 쳐다보잖아. 그만해."

부끄러워 어쩔 줄 몰라 하는 올가의 태도를 보자 행크의 불쾌감은 더 노골화되었다.

다소 굳은 표정으로 자리에서 벌떡 일어선 행크는 딕스를 향해서 성큼성큼 걸어갔다.

그가 무슨 짓을 할지 모른다고 생각해서일까? 올가는 급히 행크를 붙잡으려 했다.

"올가, 앉아 있어. 행크, 저 녀석이 사리 분별 없는 녀석은 아니잖아. 뭐, 사랑에 눈먼 남자에게 분별을 바랄 수는 없겠지만. 하하."

"로, 로이 선배!"

사람들의 시선이 행크와 딕스가 있는 곳으로 이동한다.

딕스는 자신을 향해 다가오는 큰 덩치의 행크를 보며 눈살을 찌푸렸다.

쓸데없는 일에 연관되어 좋을 게 없었다.

자신의 몸 상태가 온전한 것도 아니기에 더 조심할 필요가 있었다.

객실에 그냥 있을걸!

지금에 와서 후회해 본들 무슨 소용이랴.

무난하게 넘어가기를 바라는 수밖에.

"안녕하쇼. 난 행크라는 사람이오."

"제게 무슨 볼일이라도 있습니까?"

행크는 딕스가 자신의 눈길을 피하자 기분이 좋은 듯 어깨를 으쓱거렸다.

자신의 기세로 그를 제압했다고 여긴 것이다.

만약 행크가 자신의 눈길을 피한 이가 제국에 악명을 떨치고 있는 노도라는 사실을 알았다면 과연 이처럼 당당할 수 있을까.

이래서 사람은 겉만 보고 판단해서는 안 되는 것이다.

"난 형씨에게 볼일이 없지만 저기 있는 저 아가씨가 형씨에게 볼일이 있소. 올가, 그렇지?"

행크의 고함에 올가의 얼굴은 익다 못해서 터질 지경이다.

딕스는 자신을 내내 훔쳐보던 올가와 다른 여성을 쳐다본 뒤 행크를 보았다.

"그게 무슨 뜻입니까?"

"무슨 뜻이긴 무슨 뜻이오. 합석하자는 소리지. 난 내 친구가 사팔뜨기가 되는 걸 원치 않아서 말이오. 보니 식전인 것 같은데, 밥은 내가 사겠소. 자리를 옮기겠소? 아니면 우리가 이리 올까?"

하오체 말투에서 반말.

딕스는 행크의 막무가내에 눈살을 찌푸렸다.

그의 반응에 내심 행크는 '요놈 봐라. 딴에 사내라고 성질은 있다는 건가?' 이런 마음으로 쳐다보았다.

잠깐의 눈싸움.

여기서 싸워 봐야 자신만 귀찮아질 뿐이다.

차라리 피하자.

이러한 생각을 굳힌 딕스는 말없이 자리에서 일어섰다.

드르륵.

휘청.

몰려드는 현기증으로 인해 딕스는 완전히 몸을 펼치기도 전에 의자에 도로 주저앉았다.

얼떨결에 행크는 딕스를 부축한다.

이를 본 로이가 낄낄 웃으며 짓궂은 농담을 던졌다.

"행크, 넌 올가를 위해 갔잖아. 그걸 기억해. 네가 그 사내를 꼬시기 위한 게 아니라고."

행크의 얼굴이 빨갛게 물든다.

"로이 선배! 이 사람이 부실해서 내가 부축한 거잖아. 그나저나 사내 녀석이 뭐 이따위로 허약해. 흠, 몸은 좋은데 어디 아프쇼? 아프면 병원에 가든가. 왜 여기서 청승을 떨고 있는 거래?"

말투는 거칠었지만 행크는 천성이 나쁜 편이 아니었다.

동정도 시비도 딕스의 입장에선 사양하고 싶은 관심이었다.

"호의는 고맙지만 사양하겠소. 그럼."

다시 한 번 몸을 일으킨 딕스는 계단을 향해 걸어가기 시작했다.

힘들긴 했지만 현기증으로 휘청거리는 일은 없었다.

걷는 게 이리도 힘든 일일 줄이야.

'하아, 가녀린 코스모스가 된 기분이군.'

쓸쓸함 감정이 딕스의 속내를 가득 채운다.

성큼성큼.

단 몇 걸음 만에 딕스를 따라잡은 행크.

"이봐, 형씨! 올가가 의사는 아니지만 그래도 의학부 학생이니까 그녀에게 진찰 한번 받아봐. 실력은 나쁘지 않아. 올가, 이리 와봐."

친절도 과도하면 그것은 민폐다. 민폐.

행크는 친절과 민폐를 별개의 것으로 보는 것 같지만.

다가닥다가닥.

"딕스, 몸은 괜찮아요?"

딕스는 피로시아 시의 '현명한 자의 선택'이란 여관에서 만난 행크 일행과 함께 뜻하지 않게 프레드릭 성으로 향하고 있었다.

행크는 프레드릭 성 치안관의 아들로, 이번에 야니스 가문의 가주가 된 라틴의 파티에 참석하게 되었다고 한다.

만약 딕스가 이 말을 듣지 못했다면 그는 이들과의 동행을 허락하지 않았을 것이다.

어쨌든 견습 의사가 있는 일행에 합류하면서 그는 공짜 의료 혜택까지 누렸다.

올가의 말에 딕스가 대답한다.

"많이 좋아졌습니다. 감사합니다, 올가 씨."

"감사는 무슨. 의사를 꿈꾸는 제게 딕스 씨는 마땅히 도와드려야 할 분이세요."

두 사람의 모습에 맞은편에 앉아 있던 행크는 두툼한 그 입술을 병아리처럼 연방 삐죽인다.

"쳇, 내가 전에 팔 부러졌을 때는 너, 그러지 않았잖아. 올가, 나 무지 섭섭해지려고 한다."

"내, 내가 언제! 너, 자꾸 없는 말 지어낼래?"

행크와 올가는 늘 이 모양이다.

언제나 그렇듯 행크가 먼저 그녀에게 시비다.

딕스가 보기에 행크는 자신의 감정에 솔직하지 못한, 겉멋만 잔뜩 든 남자였다.

여자는 거친 남자보단 자신을 이해해 주는 따뜻한 감성의 남자에게 더 끌린다.

여자들의 관심을 열렬히 받고자 노력하는 남자들만 모른다.

풋내기 어설픈 청춘들 말이다.

말싸움이 붙은 행크와 올가를 보던 레나는 어색하게 웃으면서 딕스에게 따뜻한 차를 내민다.

일행의 연장자인 로이를 제외하면 다들 부유한 집안의 대생들이다.

그러니 이들이 타고 다니는 마차가 나쁠 리 없다.

외관이 이처럼 번듯하니 치안과 검문이 강화된 곳을 딕스는 별 어려움 없이 통과할 수 있었다.

"고마워요, 레나 씨."

"천만에요. 그런데 그 몸으로 이런 계절에 장거리 여행을 하려 했다니. 좀… 아니, 많이 무모하신 것 같아요, 딕스 씬."

"어쩔 수 없죠."

레나는 올가의 사촌으로 여성적인 면에서는 그녀의 사촌보다 풍성(?)했다.

딕스가 본 레나는 올가처럼 건들면 즉각적으로 반응하는 사람은 아니었다.

"물론 은인의 장례식에 참석하는 건 당연해요. 그렇긴 해도 자신의 몸을 생각하세요. 그 은인분도 딕스 씨의 상태가 이렇단 걸 알면 결코 섭섭해하지 않으실 거예요."

딕스는 이들에게 은인의 장례식에 참석하기 위해 프레드릭 성으로 가야 한다고 말했다.

어차피 행크 일행도 프레드릭 성으로 가는 길이었기에 이들은 만장일치로 딕스를 일행으로 받아들였다.

일행이 타고 있는 마차의 주인은 올가였다.

"그렇더라도 사람의 도리는 해야죠. 그리고 그 덕에 여러분을 만났으니 제겐 큰 복이죠."

연기가 필요한 상황이었다.

딕스는 분위기에 맞춰서 적당히 연기했다.

그의 연기는 여자들의 마음에 파문을 일으킨다.

올가와의 말다툼에서 패해 백기를 든 행크가 불쑥 끼어들었다.

"딕스, 역시 복을 알아보는구나. 하하하."

딕스는 어색하게 웃으며 행크의 시선을 피했다.

'현재 회복된 힘으로 라틴을 제거하기에는 부족하지 않을 것이다.'

자신을 협박한 자의 말을 일단 들어주지 않을 수 없다.

그 전에 룩센이 협박자의 정보를 가져온다면 검끝은 그 즉시 그놈에게로 향하게 될 것이다.

내심 이를 바득바득 갈아붙이는 딕스다.

딕스가 이처럼 행크 일행에 묻어가는 그 시간, 룩센은 프레드릭 성내 한 저택에 잠입하고 있었다.

*   *   *

딕스의 저택, 지하 창고 입구.

"레이첼! 레이첼!"

앞치마를 두른 시모나는 레이첼의 이름을 부르며 지하 창고로 내려간다.

창고 맨 구석, 레이첼이 무언가를 낑낑거리며 돌리다가 힘이 빠진 얼굴을 하고서는 고개를 돌린다.

"여기서 뭐 해?"

시모나는 어이가 없다는 표정으로 레이첼과 병뚜껑을 번갈아 보았다.

저 병뚜껑을 열기 위해서 레이첼이 들인 노력이 시모나의 눈에 선했다.

빨개진 손과 병뚜껑의 깊은 자국만 봐도.

힘들면 자신을 부르든가, 아니면 주위 사람들에게 도움을 청하면 될 텐데.

그러고 보니 언제부턴가 레이첼은 제 몸이 상하는 걸 알면서도 뭐든 혼자 하려고 했다.

알면서도 왜 이것을 깊이 생각하지 못했을까?

피가 이어지지는 않았지만 자매와 다름없는 사이가 아닌가.

[언니, 이게 안 열려요.]

레이첼과 심도 깊은 이야기를 하려던 시모나는 그녀의 수화에 고개를 내저었다.

이야기는 나중에 얼마든지 할 수 있다.

당장은.

"휴우, 너도 참. 그냥 가져오지 그걸 혼자 열겠다고 지금까지 여기 있었던 거야? 다음부턴 그러지 마. 여기엔 나도 있고, 바로 천장도 있고, 젤도 있고, 일꾼들도 많잖아. 이 손 봐라.

손. 병뚜껑으로 도장을 찍었네. 찍었어."

레이첼의 손을 비벼주고 주물러 주는 시모나.

상대의 진심을 느낀 레이첼은 몹시 고마웠다.

이 마음이 큰 만큼 도움은커녕 방해만 되는 자신이 속상하기도 했다.

[이젠 괜찮아. 안 아파, 언니.]

착잡한 심정으로 레이첼을 바라보던 시모나.

그녀는 즉시 자신의 얼굴에서 이를 애써 날려 버렸다.

시모나는 레이첼의 노력을 물거품으로 만든 병뚜껑을 순식간에 따버렸다.

이에 레이첼이 깜짝 놀라 병과 시모나를 번갈아 보며 두 눈을 동그랗게 만든다.

그 모습이 귀여웠던지 깔깔 웃는 시모나였다.

그러다 곧 제 표정을 진지하게, 사실은 장난기를 저변에 잔뜩 깔고서 당부한다.

"레이첼, 엘리자베스 언니나 딕스 님껜 지금 일 비밀이야. 한 떨기 청초한 수선화 같은 내가 이런 괴력의 소녀인 걸 알면 분명 집 안의 허드렛일이란 허드렛일을 몽땅 내게 다 맡길 거야. 알겠지, 내 말뜻?"

그제야 시모나가 자신에게 장난을 치고 있는 것을 깨달은 레이첼이 환하게 웃는다.

그녀의 진지한 얼굴에 사실 레이첼은 살짝 긴장했었다.

[관 속에까지 가져갈게요.]

이에 시모나는 시원하게 웃어준 뒤 씩씩한 걸음으로 창고를 나선다.

"자, 빨리빨리 와! 오늘 중으로 목표량을 채우려면 눈코 뜰 새 없다고!"

목표량? 설마 집안 형편이 어려워서 저들이 부업이라도 하는 걸까?

설마…

그렇다면 대체 저 목표량의 의미는 무엇일까?

레이첼이 내심 한숨 쉬며…

'하아, 대체 요구르트를 얼마나 만드시려고… 그래도 그게 언니의 마음을 편하게 해준다니까 열심히 도와야지.'

시모나는 자신이 레이첼이나 공주와 다르다고 생각했다.

두 사람은 진심으로 딕스의 사랑을 받고 있지만 자신은 주변 환경에 의해서 그가 억지로 떠맡은 여자라는 생각을 늘 가슴속에 품고 있었다.

그녀는 이러한 생각을 여전히 떨치지 못했다.

엘리자베스 공주와 레이첼이 자신과 비교할 수 없을 만큼 다들 뛰어나다고 생각하고 있었다.

시모나가 요구르트에 집착하는 건 이러한 이유에서였다.

딕스에게 유일하게 인정받고 칭찬받았던 것이 요구르트였기에.

레이첼이 잠시 걸음을 멈춘다.

환풍구 작은 창문으로 보이는 손바닥만 한 겨울 하늘.

그 하늘을 바라보며 레이첼은 두 손 모아 기도했다.

딕스가 무사히 돌아와 주기를.

'모두가 당신을 기다리고 있어요. 딕스, 당신은 어디에 있나요?'

무정한 남자는 편지 하나, 연락 한 번 없이 지금까지 감감무소식이다.

그럼에도 그 남자만을 기다리는 레이첼이다.

"레이첼! 빨리 와! 오늘 목표량 안 채우면 야간작업이다!"

[또, 또요? 언니, 제발!]

레이첼의 울상은 펴지지 않는다.

시모나는 한다면… 진짜 하는 사람이기 때문이다.

*　　　*　　　*

칠흑 같은 어둠 속. 사방은 단단한 벽으로 둘러싸여서 물샐틈조차 발견할 수 없었다.

이 공간에 흐르는 것은 지독한 냉기와 후각을 마비시키는 검은 곰팡이의 썩은 악취.

한 여인이 그 불편한 공간 한구석에 온몸을 잔뜩 웅크리고 있었다.

여인의 긴 금발이 전신을 커튼처럼 가리고 있다.

무릎 사이에 얼굴을 파묻었기에 그녀의 얼굴은 알아보기 힘들었다.

서걱! 털썩털썩.

어둠과 검은 곰팡내와 정적이 전부였던 지하 감옥에 죽음의 소리가 스며들었다.

곧이어…

끼이이이.

철컹.

녹슨 철문이 열렸다.

악취로 가득한 실내에 찾아든 빛과 신선한 공기.

그리고 계단을 타고서 흘러내려 오는 비릿한 피.

"레이첼?"

철문 앞에 버티고 선 인영.

커다란 후드로 얼굴을 가렸고 펑퍼짐한 로브로 온몸을 가린 자.

그는 룩센이었다.

그가 지나온 곳엔 그 누구도 살아 있지 않았다.

그의 눈에 띈 자들 역시 단 한 명도 살아남지 못했다.

그에겐 자비도, 인정도 없었다.

핏물을 밟으며 룩센은 안쪽으로 들어갔다.

"레이첼!"

룩센이 다시 한 번 레이첼의 이름을 낮게 불렀다.

반응이 없던 금발의 여인이 흠칫 몸을 떤다.

금발의 여인이 천천히 고개를 들었다.

치렁한 금발이 여인의 얼굴을 가리고 있었다.

두꺼운 장막에 가려진 것처럼 얼굴이 보이지 않는다.

룩센은 금발 여인의 반응을 레이첼의 것으로 해석했다.

레이첼은 인위에 의해 벙어리가 된 불행한 여인.

그럼에도 미소를 잃지 않았던 속 깊은 여자.

딕스의 여자들 중에서 룩센은 레이첼을 유독 마음에 들어했다. 표현하지는 않았지만.

"칠칠치 못하게 이런 곳에 잡혀오다니."

상대를 레이첼로 확신한 룩센은 걸음에 속도를 붙였다.

어느새 룩센은 레이첼에게 바짝 접근했다.

그 순간이었다.

무딘 반응을 보이던 레이첼이 돌연 믿을 수 없는 속도로 룩센을 공격한 것은.

푸욱!

"⋯⋯?!"

룩센의 복부에 무엇인가 틀어박혔다.

그것은 강철도 아니고, 나무도 아니었다.

절대 형체를 이룰 수 없는 것이다.

바람. 놀랍게도 그것은 바람이었다.

그것이 지금 물질화되어 파괴의 물리력을 룩센의 몸뚱이에 행사했다.

룩센이 바람의 검을 움켜잡았다.

"룩센, 오랜만이야."

가여운 죄수였던 여인은 일순간에 당당한 사냥꾼이 되어 고통에 일그러진 룩센 앞에서 하얗게 웃었다.

그 백색의 섬뜩한 미소를 일별한 룩센은 인상을 와락 구겼다.

몸을 꿰뚫은 고통보다 눈앞의 존재에게 그는 더 강한 분노를 발산하고 있었다.

"넌… 아우서……."

"호호, 아직 날 기억하네? 너에게 변화가 찾아왔단 말은 들었지만… 아, 슬프게도 우리의 해후는 비극적이군. 왜 조직을 배신했어? 안 그럼 사이좋게 차나 마시며 노닥거릴 수도 있었는데 말이야. 나의 고귀하신 자매님."

자매? 아우서는 방금 자매라는 말을 입에 담았다.

"그, 그따위로… 날 부르지 마라, 아우서!"

룩센의 전신에서 증오와 살기가 줄기차게 뿜어져 나온다.

아우서는 룩센의 감정 따위 안중에 두지 않았다.

그녀는 자신이 생성한 바람의 검을 이리저리 장난치듯 비틀었다.

룩센의 내장이 찢기고, 뼈가 갈린다.

발끝에서부터 정수리까지 관통당한 듯한 극렬한 고통이 룩센을 뒤흔들었다.

부들부들.

후드득.

룩센의 전신이 사시나무처럼 떨렸다.

그러나 그는, 아니, 그녀는 한마디의 비명도 지르지 않았다.

"아, 실수할 뻔했네. 하나론 안 되지. 넌 괴물이니까. 호호."

아우셔의 양어깨 위 허공에서 두 개의 바람의 검이 생성됐다.

퍽퍽!

룩센의 양어깨는 그 즉시 관통상을 입었다.

"끄으으… 윽."

"이제야 네 비명을 듣는구나. 사실 오래전부터 듣고 싶었어. 고통에 신음하는 너의 그 목소리를 말이야. 오호호호호호."

룩센은 세 개의 검에 몸이 관통됐다.

"나, 날… 낚기 위한 함정이었군."

"설마 했어. 네가 이런 데 낚일 것이라곤 사실 난 믿지 않았거든. 클라우드 녀석의 잔머리는 알아줘야 할 것 같아."

"역시 그놈의 계략이었군. 크흑."

세 개의 검이 동시에 룩센의 몸 안에서 이리저리 움직인다.

온몸이 찢겨 나가 버릴 것 같은, 실제로 그러한 징조가 보인다.

참기 힘든 극단적인 고통에 룩센은 신음한다.

덜덜덜.

온몸을 떨고 있는 그를 향해 아우서가 접근했다.

그녀는 룩센의 주위를 한 바퀴 빙글 돈 다음 그의 후드를 움켜쥔 뒤 이를 뜯어버렸다.

별빛처럼 영롱한 신비로운 은발이 찢긴 후드에서 폭포수처럼 쏟아서 찰랑거린다.

그리고 룩센의 양 귀… 놀라울 만큼 크고 뾰족했다.

이는 인간의 귀가 아니다, 결코!

엘프. 우리는 룩센과 같은 존재를 그리 부른다.

전설이 되어버린 종족, 미의 화신이라 불리었던 요정족, 지금은 잊힌 슬픈 종족.

룩센의 몸은 그 의식과 함께 고통의 수면 아래로 깊이 허물어졌다.

털썩.

딕스는 불쾌한 꿈을 꾸었다.

아니, 단순하게 '불쾌하다!' 라고 단정 지을 수 없는 종류의 꿈이었다.

그 꿈이 딕스의 가슴에 아련함과 먹먹함을 주었다.

심한 갈증을 느낀 딕스는 물을 찾았다.

침대에서 3미터쯤 떨어진 곳에 탁자가 있었다.

그 위에 얹힌 주전자와 컵.

팔을 뻗어 잡을 수 없는 거리였다.

'귀찮군.'

대단한 물의 마법사가 딕스다.

그런 그가 숨 쉬듯 자연스럽게 펼칠 수 있던 그 마법을 지금은 사용하지 못하고 있었다.

아니, 자제한다는 표현이 맞을 것이다.

상처를 건들면 덧난다.

빠른 쾌유를 위해 딕스는 마법 사용을 최대한 자제 중이었다.

그러다 보니 하나에서 열까지 모든 게 불편했다.

"마법이 없는 세상은 참 암울하구나."

문득 레이첼이 딕스의 뇌리를 스친다.

외로이 뜬 겨울의 저 초승달이 왠지 그녀를 닮은 듯했다.

먹먹함이 찾아왔다.

애잔함이 가슴으로 스며든다.

눈물이 눈가에 매달린다.

"어울리지 않게 궁상은! 쳇!"

딕스는 도리질을 친 뒤 마룻바닥에 발을 디뎠다.

바닥의 차가움이 발바닥을 통해 정수리까지 단숨에 치밀고 올라오는 듯했다.

그 자리에서 딕스는 진저리 쳤다.

"젠장, 오늘은 더 추운 것 같네."

몸 상태가 좋지 않다 보니 추위가 뼛속까지 파고든다.

바닥에 발을 붙이고 떼기를 서너 번 반복한 딕스는 몸이 이에 익숙해지자 탁자로 걸어갔다.

몸을 움직여 물을 먹는 행위.

지극히 당연한 이 행위가 딕스에겐 많이도 낯설다.

쪼르륵. 벌컥벌컥.

갈증이 가라앉은 딕스는 창가로 걸어갔다.

앙상한 가지에 걸린 야윈 초승달.

악착을 떠는 나뭇잎 하나가 보인다.

어지간하면 가을에 제 친구들과 함께 떨어질 것이지, 무슨 미련이 남아서 저리 억척을 떨며 매달려 있는지.

'제길, 대체 꿈에 나타난 그 여자는 뭐지?'

꿈은 꿈일 뿐이다.

그런데 그 꿈이 남긴 진한 이 여운은 대체 무엇이란 말인가.

오지 마! 오지 마!

실루엣의 그 여자는 이 말만 되풀이했었다.

'찝찝하네. 그나저나 룩센, 이 시키는 어디에 처박혀 있는 거야?

근심과 걱정이 냉기처럼 가득한 밤이다.

훅훅훅.

이른 아침부터 뜨거움 숨결을 내뱉으며 행크는 묵직한 강철 검을 휘두르고 있었다.

상의를 탈의한 그의 근육은 검이 움직일 때마다 역동적으로 꿈틀거렸다.

단 하루도 거르지 않는 행크의 일과다.

"옷이라도 입고 해라. 그 비계를 보느라 내 눈이 썩고 있다."

검을 거둔 행크의 전신은 계절도 잊고 땀으로 흥건했다.

휙.

로이가 그를 향해 마른 수건을 던졌다.

이를 가볍게 받은 행크는 땀을 닦은 뒤 벗어둔 상의를 입었다.

"이크크, 얼음장이 되어버렸네. 젠장."

"쯧쯧, 근육 키울 생각 말고 머리에 주름도 좀 잡아라."

올가의 핀잔에 행크는 제 머리를 북북 긁으며 인상을 구겼다.

"아침부터 잔소리할래?"

"이 아침부터 돼지 멱따는 소리를 듣고 깬 사람의 기분은 생각 안 해?"

"뭐? 돼, 돼지 먹!"

남녀의 실랑이에 이미 면역력이 생긴 로이다.

"그만하고 들어가자. 아침 먹고 바로 출발하자고 한 건 행크, 너잖아."

"알았어요, 선배. 으으! 춥다. 추워! 어? 올가, 넌 안 들어가냐?"

"로이 선배, 전 약재상에 들렀다 올 테니까 먼저들 먹어요. 그리고 행크, 넌 그만 좀 먹어. 애가 산이 되려고 저러나. 쯧쯧."

잠시 제 배의 꼬르륵거림과 올가를 번갈아 돌아보던 행크는 둘 중 하나를 고른다.

그에게 이것은 큰 결심이었다.

"올가, 같이 가자. 여자 혼자 가면……."

"됐거든. 딕스 씨랑 같이 가기로 했어."

화사하게 웃으며 올가가 이리 말하자 행크는 황당한 표정을 짓는다.

"뭐? 딕스랑? 녀석, 환자잖아. 그리고 녀석은 널 보호하기는커녕 네가 오히려 녀석을 보호해야 할 형편이야. 그러니 날 데려가는 게 여러모로 너에게 좋지 않을까?"

"산이 되고 싶은 그대는 찌그러져 있으세요. 아, 딕스 씨, 여기예요. 여기!"

행크는 올가의 얼굴에 봄이 찾아온 것 같았다.

아직 세상은 이리 춥고 삭막한데.

'저 비실비실한 녀석이 뭐가 좋다고. 남자라면 나처럼 크고 굵직……?

로이가 다가와 행크의 어깨를 토닥이며 말한다.

"날도 추운데 바람까지 맞다니. 가자. 따끈따끈한 국물이라도 먹으면 마음은 몰라도 속은 위로가 될 게다. 크크크."

"로이 선배, 지금 불난 집에 부채질하쇼? 쳇."

잔뜩 뿔난 행크는 씩씩거리며 여관으로 들어가 버렸다.

그의 모습을 모두가 잠시 바라보다 피식 웃었다.

"딕스 씨, 괜찮겠습니까? 몸도 안 좋은데."

장난기를 표정에서 거둔 로이가 딕스에게 말한다.

딕스는 어깨를 으쓱거렸다.

"가벼운 산책은 괜찮습니다."

"올가."

"예, 선배."

"행크 너무 약 올리지 마라. 녀석이 겉으론 저래도 속은 여린 녀석이다. 그럼 난 아침을 먹으러. 뿅."

진지한 만큼이나 유쾌함이 넘치는 로이다.

올가는 그의 말을 잠시 생각하는 것 같더니 이내 고개를 저어버린다.

'난 그 녀석 정말 싫어. 그런 녀석보단… 딕스 씨가 백배

낫지.'

따뜻함과 강인함을 딕스에게서 느끼는 올가다.

병자에게 할 소리는 아니지만.

두 사람은 약재상을 향해 천천히 걸음을 옮겼다.

이른 아침이었지만 세상은 부지런한 자들로 활기차게 돌아간다.

이들이 있어 세상은 아름다운 것이다.

치고받고 싸우고 남 탓이나 하며 제 잇속을 채우는 데 급급한 자들이 많다면 세상은 일찌감치 망해 버렸을 것이다.

부지런하고 성실한 사람들. 우리는 이들을 서민이라 부른다.

"다들 열심히 사는 모습이 참 아름다워요."

"그렇군요."

"딕스 씬 너무 과묵하세요. 그게 딕스 씨의 매력이긴 하지만. 호호."

과묵함이라… 딕스는 자신이 과묵한 인상인가 싶어서 자신의 얼굴을 매만진다.

귀엽다, 개구지다, 악동 같다, 말 많다, 사악하다 등등의 말은 들어봤어도 과묵하다는 말은 올가에게서 처음 들어보는 딕스였다.

'숨겨진 매력 발견인가?'

두 사람은 도란도란 이야기를 나누며 오늘의 하루를 시작하는 자들을 스쳐 목적지인 약재상에 도착했다.

탈부착식의 여섯 개의 덧문 중 세 개가 한쪽으로 세워져 있고, 나머지는 아직 현관을 막고 있었다.

가게 주인이 문을 열다가 어디 간 듯했다.

올가가 안으로 들어갔다가 곧 나왔다.

의미 없는 시선을 주위에 던지고 있던 딕스는 그녀를 바라보았다.

"주인아저씨가 자리를 비웠나 봐요. 저기서 간단히 요기라도 하면서 기다려요, 딕스 씨."

약재상으로 들어오는 골목 한 귀퉁이에 빵과 따뜻한 수프를 파는 작은 가게가 있었다.

바쁜 서민들이 허기를 급히 때우고 각자의 일터로 가는 중간 기착지 같은 곳이다.

좁은 가게 안엔 너덧 명의 남녀가 서서 빵과 수프를 먹고 있었다.

"어서 오세요."

활기찬 주인아주머니의 반김에 식사를 하던 손님들이 반사적으로 입구 쪽을 보았다.

대개 이러한 시선은 곧 거둬지게 마련이다.

하지만 남녀를 향한 이들의 시선은 쉬이 거둬지지 않았다.

다르다!

서민들이나 이용하는 식당을 찾기에 남녀의 옷차림은 너

무 고급스러웠기에.

"호박 수프 두 개랑 밀 빵 두 개 주세요, 아주머니."

딕스가 앞장서 주문했다.

"예, 잠시만요."

음식은 정말 잠시만에 나왔다.

남녀에 대한 사람들의 시선이 하나둘 사라지기 시작했다.

가게의 음식은 저렴했다. 대신 회전율이 매우 좋았다.

이런 게 바로 노른자 장사가 아닐까 싶다.

허기를 가볍게 달랜 딕스와 올가는 가게를 나오려 했다.

그때였다.

딕스와 올가의 목적지인 약재상.

그 건물이 갑자기 폭삭 주저앉았다.

이 소리를 듣고 인근에 있던 이들이 깜짝 놀라서 몰려들었다.

어떤 이는 멀찍이서 구경하고, 또 어떤 이는 괜한 일에 휘말릴 것을 우려하며 제 길을 재촉했다.

웅성웅성.

"뭐야? 약재상이 왜 무너졌지?"

"란트 아저씨!"

"란트, 란트! 안에 있나? 란트!"

약재상의 주인 이름이 란트였다.

붕괴된 건물의 자재를 치우며 사람들이 주인의 이름을 애타게 불렀다.

대체 그 멀쩡하던 가게가 왜 붕괴되었을까? 건물이 그리 낡은 것도 아닌데.

"컥!"

"어, 어억!"

구조 작업을 벌이던 자들이 갑자기 제 목을 움켜잡더니 만취한 사람처럼 비틀거렸다.

이를 본 올가는 다짜고짜 현장으로 달려가려 했다.

딕스는 급히 그녀의 팔을 붙잡고 골목으로 뛰어들었다.

가벼운 이 움직임도 지금의 딕스에겐 무리인 듯 그는 심한 현기증을 느꼈다.

올가는 깜짝 놀라서 딕스를 올려다보았다.

잔뜩 굳은 딕스의 눈길은 재난 현장에서 움직이지 않았다.

"딕스 씨, 왜?"

"쉿! 소리 내지 말고 저곳을 보세요."

"헉!"

올가의 입에서 숨넘어가는 소리가 터졌다.

지금 약재상 붕괴 현장을 중심으로 사람들이 제 목을 움켜쥔 채 묵직한 신음과 함께 픽픽 쓰러지고 있었다.

뒤늦게 변괴가 발생했음을 깨달은 사람들이 일제히 비명을 지르며 달아나기 시작했다.

"꺄아아아아악!"

"사, 살인이다!"

"사람 살려!"

딕스와 올가가 몸을 숨긴 곳으로도 사람들이 밀물처럼 몰려왔다.

여기에 휩쓸린다면 필히 다칠 것이다.

딕스는 올가를 최대한 벽면에 밀착시킨 뒤 그 위에 자신의 몸을 덮어 그녀를 보호했다.

올가의 심장이 그 순간 미친 듯이 뛰기 시작했다.

콩닥콩닥.

"크하하하하하! 이 빌어먹을 주인 놈이 감히 날 속여! 날 속인 대가로 이 도시를 쓸어버리고 말겠다!"

변괴를 일으킨 원흉은 봉두난발에 넝마를 걸친 깡마른 노인이었다.

정상적인 모습과는 너무 동떨어졌다.

저 노인이 앞서의 변괴를 만든 장본인이었다.

세상은 저런 자들을 마인이라 부른다.

'하필 이때 마인과 마주치다니.'

딕스의 얼굴로 곤란함이 새벽안개처럼 자욱하게 깔린다.

몸 상태가 정상이라면 저깟 마인쯤은 사실 딕스에겐 식은 수프에 불과했다.

하지만 이는 정상일 때의 이야기였다.

지금은 맞서기보단 줄행랑이 상책이었다.

딕스는 올가의 손을 잡았다.

사방을 둘러보던 그는 사람들이 달려가는 반대쪽으로 뛰었다.

봉두난발의 늙은 마인은 주변의 건물을 닥치는 대로 파괴하며 도심을 휘젓고 다녔다.

그 파괴의 파편들이 무시무시한 속도로 사방으로 날아갔다.

아니, 쏘아졌다.

콰드드드득!

와장창!

"크아아아악!"

"아아아악!"

"마인이다! 마인이 나타났다! 컥!"

평화로웠던 아침은 봉두난발의 미친 마인으로 인해 끔찍한 재앙의 날이 되고 말았다.

"헉헉헉!"

숨이 턱까지 차오르는 상황을 딕스는 오랜만에 겪었다.

그의 손과 등줄기는 식은땀으로 흥건했다.

지친 몸, 거친 숨결, 흔들리는 다리.

강철 체력을 자랑했던 이전의 딕스와는 확실히 비교되는 모습이었다.

비명과 파괴의 소리가 저만치 도시 중심가에서 들려온다.

딕스와 올가는 빈민가로 진입하는 아치형 낡은 다리 아래 은신하고 있었다.

올가는 딕스의 상태를 크게 염려했다.

"디, 딕스 씨, 괜찮아요?"

"괘, 괜찮아요."

말은 이러했지만 딕스의 안색과 드러난 상태는 정반대를 달리고 있었다.

올가는 딕스에게 진심으로 감동했다.

제 한 몸 추스르기도 힘든 사람이 자신을 버리지 않고 위기에서 구해주었고, 모두가 어디로 가야 할지 갈피를 잡지 못하던 혼돈의 그 끔찍한 상황에서도 저 남자는 가야 할 곳을 정확하게 알고 있었다.

통찰력!

사람들은 흔히 이를 그리 불렀다.

올가가 보기에 딕스에겐 그런 힘이 있는 것 같았다.

웅성웅성.

도심의 파괴되는 소리를 듣게 된 빈민가의 사람들이 우르르 몰려나와서 목을 길게 뺐다.

다들 무슨 일인지 궁금하다는 표정이 역력했다.

개중에 몇몇은 상황을 알아보겠다며 도심을 향해 뛰어간다.

"마인들이 갑자기 왜 이 난린지 모르겠어요. 미치려면 곱게 미칠 것이지. 하아."

올가의 말에 딕스는 양심이 따끔거렸다.

제아무리 타당한 이유를 대더라도 자신의 행위는 평범한 삶을 영위하는 사람들에겐 고통과 슬픔과 좌절과 탄식이 될 수밖에 없었다.

자신의 삶이 외부에 의해 망가지면 이 어찌 괴롭고 분노하지 않겠는가.

단지 약하다는 이유로 당해야 한다면.

올가는 격앙된 목소리로 마인들을 싸잡아 욕했다.

"그보다 일행들이 걱정하겠군요."

"마인의 동선을 보면 우리가 묵었던 여관도 안전하다고는 할 수 없는데. 행크, 그 바보의 성격으론 분명 마인에게 바락바락 덤빌 텐데. 아니, 멍청한 그 녀석이 먼저 마인을 찾아갈 텐데."

발을 동동 구르며 걱정하는 올가다.

딕스는 그녀의 말에 내심 전적으로 동의했다.

확실히 행크는 그러고도 남을 성격이다.

어쩜 벌써 마인 앞에 서 있을지도 모른다.

이러한 자신의 생각을 올가에게 말하는 짓은 불난 집에 부채질하는 꼴.

"로이 씨와 레나 씨가 있으니까 행크 씨의 분별없는 행동은 막아줄 겁니다."

"그, 그럴까요?"

"그들도 행크 씨의 성격을 알고 있잖아요."

사람은 어려움에 처하면 의지하고 싶은 마음이 생긴다.

지금의 올가가 그랬다.

실제로 눈앞의 남자는 믿음직했다.

"하긴 로이 선배가 있으니까 괜찮을 거예요. 어머, 이 식은
땀 좀 봐."

올가가 손수건을 꺼내어 딕스의 얼굴을 닦아준다.

"괜찮아요. 그보다 어디 들어가서 추위를 피하는 게 좋을
것 같아요."

"그래야겠어요. 딕스 씨, 잠시만 여기서 기다려요. 제가 쉴
만한 곳이 있는지 알아보고 올게요."

올가는 밖에 나와 있는 사람들에게 쉴 만한 곳이 있는지 물
었다.

이들에게서 그녀는 만족스러운 대답을 들을 수 없었다.

도리어 사람들은 그녀를 붙잡고 도심에서 벌어진 사건을
캐물었다.

뿌리치고 나올 수 없는 상황이라서 올가는 아는 대로 재빨
리 말하고서 그 자리를 피했다.

난처한 표정으로 이리저리 두리번거린다.

그 흔한 찻집이나 식당도 주변에 보이지 않았다.

얇은 판자로 지은 불안정한 집들만이 다닥다닥 붙어 버티고 있었다.

방법이 없자 올가는 딕스가 기다리는 곳으로 걸음을 재촉했다.

허연 입김을 연방 뿜어대며 딕스는 차가운 벽에 등을 기대고 있었다.

몸이 으슬으슬한 게 감기까지 독하게 찾아올 것 같았다.

이런 자신의 모습에 딕스는 쓴웃음을 흘렸다.

"딕스 씨, 아무래도 이곳에선 추위를 피할 만한 곳이 없겠어요. 도심 쪽으로 다시 가야 할 것 같아요."

오들오들 떨고 있는 딕스를 본 올가는 자신의 외투를 벗어 그의 몸을 덮어주었다.

"괜찮습니다. 올가 씨도 추울 텐데."

"아뇨, 전 괜찮아요. 일어나실 수 있겠어요?"

난동을 부리는 마인도 무섭지만 이 추위도 딕스에겐 그 못지않게 두려운 적이었다.

딕스는 벽을 짚고 간신히 몸을 일으켰다.

이런 그의 다리가 후들거린다.

그때다. 웬 여자아이 하나가 두 사람 쪽으로 와서는 머뭇거리며 눈치를 보았다.

"왜 그러니?"

겨울을 나기에 여자아이의 옷은 남루하고 얇았다.

아이는 그러한 얇은 옷 몇 개를 껴입고 있었다.

두 사람의 시선을 받으며 아이는 쭈뼛거리며 다가와선 조심스럽게 말했다.

"저, 저기… 괜찮으시다면 저희 집에 가서서 쉬어도 돼요."

"그래도 되겠니?"

올가는 반색했다.

딕스의 몸 상태는 당장 쉬어주어야 할 만큼 나빴다.

쓸데없이 나선 게 아닐까? 내심 걱정했던 소녀는 올가의 말에 도리어 기뻐했다.

"괜찮아요. 집엔 저와 남동생뿐이거든요."

아이는 수줍음이 많은 듯 올가와 눈도 마주치지 못했다.

소녀는 사람들에게 부탁하는 올가의 모습이 안돼 보여 그 성격에 이리 용기를 낸 것이다.

수줍은 아이의 친절에 올가는 큰 고마움을 느꼈다.

"부모님은 일 가셨니?"

"아뇨, 두 분 다 돌아가셨어요."

아이의 말투와 얼굴에서 희미한 슬픔이 느껴졌다.

꽤 된 이야기이리라.

올가는 자신의 표정이 아이에게 상처가 되지 않을까 염려했다.

그녀는 바쁘게 고개를 돌렸다.

벽을 짚고 선 딕스가 올가의 망막을 채운다.

겨우 버티고 있는 딕스는 와들와들 떨고 있었다.

"그럼 부탁할게. 그런데 이름이?"

"아이나. 아이나예요."

"예쁜 이름이네. 고마워, 아이나."

딕스를 부축한 올가는 아이나의 뒤를 따랐다.

꼬불꼬불한 내장 같은 좁은 더러운 길을 따라 쭉 올라간 딕스와 올가는 외롭게 서 있는 판잣집을 보게 되었다.

손때 가득한 거적때기가 창문을 대신했고 문짝은 위태롭게 붙어 유언(?)처럼 삐걱거렸다.

밖의 기온이나 안의 기온이나 집의 모습을 보니 별 차이가 없을 것만 같았다.

저런 곳에 사람이 살다니… 올가는 아이나를 돌아보며 깊은 연민을 느꼈다.

아이나의 안내로 두 사람은 판잣집 안으로 들어갔다.

부싯깃으로나 쓸 법한 땔감이 집 한쪽에 어지럽게 놓여 있었다.

올가의 눈에 아이나의 거칠고 갈라진 손등이 들어온다.

저것을 줍느라 고사리 같은 저 손이 얼고, 상처 났으리라.

올가는 자신의 매끈하고 고운, 고생이라곤 한 번도 안 한 제 손이 이 순간 몹시 부끄러웠다.

작은 모닥불가에 앉아 있던 남자아이가 낯선 그들을 보며 경계심과 호기심을 드러냈다.

"누나, 저 사람들은 누구야?"

"손님이셔. 제 남동생 패튼이에요. 패튼, 인사드려야지."

"안녕하세요. 패튼이에요."

"반가워, 패튼. 신세 좀 질게."

올가의 부드러운 미소에 패튼의 경계심이 사라졌다.

남자아이는 올가에게서 엄마를 느꼈는지 그 표정에 그리움이 떠올랐다.

"헤헤, 그러세요. 여기가 제일 따뜻해요."

"고마워, 패튼."

딕스와 올가는 집 안에 피운 모닥불 옆에 앉았다.

집 안은 조악하게 지어진 낡은 창고와 다름없었다.

이런 곳에서 아이 둘만 살고 있다니.

아이나가 찌그러진 주전자를 모닥불에 올렸다.

"드릴 만한 게 없어요. 물밖에……."

"아! 누나, 나 사탕 있어."

처음 맞는 손님이다.

그래서인지 패튼은 이를 몹시 즐거워했다.

패튼은 자신이 먹으려고 아껴두었던 사탕 세 알을 제 보물 상자에서 꺼내왔다.

이 집 안에서 아이들이 손님에게 내놓을 수 있는 유일한 것이기도 했다.

이를 받아든 올가의 눈가는 어느새 붉어졌다.

딕스 역시 가슴이 먹먹해졌다.

"누나, 그런데 밖에 사람들이 왜 몰려 있는 거야? 날도 이리 추운데. 으으으."

환경이 나쁨에도 불구하고 패튼은 성격이 밝았고, 아이나는 얌전하고 인정미가 넘쳤다.

남루한 옷과 얼굴의 땟물을 뺀다면 귀공녀, 귀공자 소릴 들을 만큼 아이들은 잘생기고 예뻤다.

지금의 환경과 전혀 어울리지 않는 아이들이었다.

"시내에서 나쁜 일이 일어났다나 봐."

"어? 그럼 무료 급식 받으러 못 가는 거야?"

이 아이들은 하루에 한 번 종교 단체에서 운영하는 무료 급식소에서 음식을 받아 연명하고 있었다.

간혹 고물을 주워 팔기도 했다.

하루 종일 돌아다녀 봐야 이 아이들이 주워서 내다 팔 수 있는 고물의 양은 최하급의 빵 한 덩이도 살 수 없는 푼돈이었다.

급식소의 운영이 중단될지 모른다는 말에 패튼이 크게 낙심했다.

그 한 번을 받지 못하면 내일까지 주린 배를 안고 버텨야 하기 때문이다.

올가는 아이들에게 줄 만한 먹을거리가 있나 제 옷 속을 뒤졌다.

있을 리가 없었다.

하지만 딕스는…

"육포인데 먹을래?"

최상질의 육포가 딕스의 옷 속에서 하나도 아닌 뭉치로 나온다.

못해도 10인분은 족히 될 양이었다.

올가는 많은 양의 육포를 휴대하고 다니는 딕스를 신기한 눈으로 바라보았다.

그리고 보니 그에 대해 아는 게 하나도 없다는 것을 그제야 기억하는 올가다.

패튼이 누나의 눈치를 살피며 군침을 흘린다.

육포를 받아도 되는지 안 되는지 몰라서다.

이런 걸 보면 아이들은 막 자란 것 같지가 않았다.

"손님이신데 이런 걸 받아도……."

아이나는 말끝을 흐리며 곁눈질로 제 동생을 보았다.

동생의 배를 불려주고 싶은 누나의 마음이 그 어린 얼굴에 가득했다.

딕스와 올가는 코끝이 찡해졌다.

목이 잠긴 음성으로 딕스가 말했다.

"선물이다. 친절에 대한 이 오빠의 선물이야. 그러니 받으렴. 에고고, 이 오빠 팔 떨어지겠다. 내가 겉으론 멀쩡해 보여도 실은 병자거든. 절대 힘들게 하면 안 돼. 그렇지 않나요,

올가 선생님?"

"아, 예, 그렇죠. 아이나, 받으렴."

눈가를 급히 훔치며 올가가 애써 밝은 음성으로 말했다.

그제야 아이나는 못 이기는 척 육포를 받아 들었다.

그러나 이를 저희끼리 먹거나 보관하지는 않았다.

아이나는 한쪽 구석의 주방으로 간 뒤 육포를 먹기 좋게 썰어 왔다.

패튼의 눈이 화등잔만 해졌다.

상점 앞을 지날 때마다 보았던 육포다.

그 가격이 비싸 언감생심이었던 음식이었다.

그런데 그 귀하고 비싼 육포를 먹을 수 있게 되었다.

소년은 이것이 꿈이 아닐까 싶어 제 볼을 꼬집기까지 했다.

그 모습이 귀엽고 순수했다.

하지만 이를 귀엽다, 순수하다 말할 수가 없었다.

별거 아닌 것에 이처럼 감동하고 기뻐하는 아이들의 모습이 안타까웠다.

"같이 드세요."

주전자의 물도 마침 보글보글 끓었다.

아이나는 제 집에서 가장 깨끗하고 번듯한(?) 컵에 물을 따라 딕스와 올가에게 주었다.

한쪽에선 마인이 공포를 뿌리고 다닌다.

그리고 여기 이 빈민가의 외딴 판잣집에선 물과 육포가 고작이었지만 행복한 파티가 열렸다.

"아! 맛있다. 입안에서 살살 녹아요! 우와!"

패튼이 육포의 맛을 아이답게 표현하자 딕스와 올가는 그 처지에 가슴이 아팠고, 그 천진함에 웃음을 터뜨렸다.

수줍음이 많은 아이나는 남동생의 그런 모습에 얼굴을 빨갛게 물들였다.

그러면서도 속으로 육포를 먹는 이 순간이 몹시 행복했다.

'아빠, 엄마, 우리만 맛있는 거 먹어서 미안해. 봄 되면 나랑 패튼이 예쁜 꽃들 꺾어서 찾아갈게.'

하늘나라에서 두 아이의 삶을 지켜보는 아이들의 부모… 참 가슴 아플 것 같다.

제2장

내일을 위해

란트의 약재상을 붕괴시키며 등장한 마인의 횡포는 멈추지 않았다.

도시에 무슨 억하심정이라도 있는지 놈은 닥치는 대로 부수고 돌아다녔다.

당연히 사람도 예외가 아니었다.

"끄아아악!"

"아악!"

도시 치안대가 출동했다.

이들의 출동은 마인을 저지하기는커녕 놈의 성질만 제대로 건드렸다.

시에 소속된 기사들과 마법사들이 뒤를 이어 속속 등장했다.

마인의 난동은 그제야 해결 국면으로 접어들었다.

획.

"마인이 18번가로 도주한다. 모두 쫓아라!"

익스퍼트 기사들이 준마에 필적하는 속도로 마인을 추적했다.

거침없이 파괴를 자행하던 마인은 하급 마법사와 기사들에 의해 꽁지에 불이 붙은 망아지처럼 부리나케 도망쳤다.

한데 그 마인이 달아나는 곳이 하필…

"빈민가 쪽으로 놈이 빠졌다!"

"정지. 정지! 전열을 재정비한다."

추격대의 움직임이 갑자기 느려진다.

도시의 하수구라 불리는 곳이 빈민가다.

대다수의 시민들은 이곳을 썩은 환부 같은 곳으로 여기고 있었다.

완전히 도려내자니 그들의 싼 인건비가 아쉬웠고, 내버려두자니 도시의 이미지를 갉아먹는다.

추격대의 전열 재정비는 마인이 빈민가 쪽으로 달아나자 전격적으로 이루어졌다.

빈민가로 진입한 마인은 도심에서 쫓겨난 화풀이를 이곳

에다 몽땅 쏟아부었다.

조악한 집들이 마인의 손짓 한 번에 버티지 못하고 마치 도미노처럼 우르르 쓰러지고 날아올랐다.

하루 벌어 하루 먹고사는 고단한 이들에게 그나마 저 판잣집은 유일한 휴식처였다.

그러한 곳이 단숨에 무너지니, 이를 보는 심정은 생살을 씹히는 고통과 참담함이었다.

"으아아아악!"

"꺄아아아악!"

허둥지둥.

"감히 나를 화나게 해! 다 죽어라! 다 죽어!"

놈은 겁에 질려 달아나는 사람들을 쫓아다니면서 잔인하게 살해했다.

남녀노소를 가리지 않았다.

아이나의 집에서 밖의 소란을 들은 딕스와 올가.

창문가에서 밖의 상황을 살핀 두 사람의 얼굴이 동시에 굳어버린다.

"이를 어째. 딕스 씨, 어떡하죠?"

어디로 튈지 알 수 없는 자가 마인이다.

그런 마인이 눈으로 식별할 수 있는 곳에서 난동을 부리고 있었다.

바로 옆에서 들리는 듯한 비명과 파괴성.

그때마다 깜짝깜짝 놀라서 올가는 움찔움찔 몸을 떨었다.

딕스는 주먹을 움켜쥐었다.

짜증과 분노가 그의 내부에서 봇물처럼 터져 나오고 있었다.

'망할 자식. 왜 하필 여기서 지랄이야. 지랄이.'

몸의 호전을 위해 되도록 마법을 자제하려고 했던 딕스다.

현재 딕스의 마법 능력은 이전의 10분의 1 수준밖에 안 된다.

그 이상으로 마법을 사용했다간 몸에 큰 무리가 발생할 것이다.

프레드릭 성에 도착할 때까지 마법을 사용하지 않으려 했던 딕스는 이 순간 고민의 기로에 섰다.

그의 이런 고민은 오래가지 않았다.

딕스의 두 눈동자에서 한기가 스며 나온다.

"올가 씨."

"예."

"아이들과 여기에 계세요. 절대 밖으로 나오지 마세요."

"무슨?"

"마인은 극도로 흥분해 있는 것 같아요. 일단 놈을 관찰한 뒤 어찌할지를 정해야 할 것 같아요. 그러니 제가 돌아올 때까지 여기에 계세요."

앞서 그의 놀라운 선견지명으로 구함을 받은 바 있는 올가다.

때문에 딕스가 자신들을 버리고 혼자 살겠다고 달아나지 않을 것임을 그녀는 믿고 있었다.

분명 그에게 생각이 있으리라.

문제는 그가 돌아올 때까지 여기서 기다려야 한다는 게 올가는 무척이나 두려웠다.

"오, 오래 걸릴까요?"

"가 봐야 알 것 같아요. 되도록 빨리 돌아올게요."

"그런데 그 몸으로… 괜찮으시겠어요? 제가 보고 오는 게 낫지 않을까요?"

끊임없이 들려오는 비명이 몹시 두려운 올가다.

하지만 환자를 내보내는 것보단 건강한 자신이 가는 편이 옳다고 그녀는 생각했다. 몹시 두려웠지만.

이를 순순히 받아들일 딕스가 아니다.

"제 눈으로 봐야 어찌할지 결정을 내릴 수가 있을 것 같아서 그래요. 그리고 저보단 저 아이들에겐 올가 씨가 필요한 것 같기도 하고요."

겁먹은 얼굴로 서로를 부둥켜안고 벌벌 떠는 어린 남매를 힐끗 보는 딕스다.

올가는 그의 말에 수긍했다.

"무리하지 마세요. 위험하다 싶으면 즉시 돌아오셔야 해요. 약속해 주세요."

"무리… 안 합니다, 절대."

딕스는 아이나와 패튼의 머리를 쓰다듬어 준 뒤 밖으로 나왔다.

차가운 공기가 그나마 품고 있던 딕스의 열기를 순식간에 가져가 버렸다.

으슬으슬.

'더 추워진 느낌이군.'

딕스는 마인이 난동을 피우는 곳으로 무거운 몸을 움직였다.

스윽.

그는 품속에서 금속 재질 원통 막대를 만지작거렸다.

이곳엔 강력한 독의 결정이 들어 있다.

문제는 독과 안개의 조합.

현재 딕스의 몸 상태론 이전과 달리 넓은 범위를 아우르는 안개 생성이 어려웠다.

좁은 범위의 안개. 이는 덩어리라 불러야 할 것이다.

더욱이 지금은 안개가 낄 시간대가 아니다.

정신이 나간 마인이라도 느닷없는 안개의 출현을 경계할 수 있다.

놈이 안개를 피해 버리면 딕스로서도 더 이상 손쓸 방법이 없어진다.

그땐 무조건 달아나는 수밖에.

아니면…

'자해를 해야 할지도.'

분노의 사념과 자신의 피가 만났을 때 일으키는 놀라운 작용.

아르노아 시에서 입증된 정체불명의 힘.

문제는 부작용이다.

지금 자신의 몸 상태는 답답할 만큼 회복 속도가 느렸다.

이러한 현상은 아마 그 때문이리라.

그 외는 설명할 길이 없었으니까.

"으아아악!"

"사, 살려주세요!"

"안 돼. 안 돼! 으아아아악!"

마인은 손에 자비를 두지 않는다. 왜냐? 그들은 미쳤으니까.

마인의 핏발 가득한 그 눈은 마치 핏물이 고인 듯했다.

미쳐 날뛰는 강력한 맹수 앞에서 사람들은 손쉬운 먹잇감에 지나지 않았다.

우르르.

딕스가 내려온 방향으로 한 무리의 사람들이 마인을 피해서 도망쳐 오고 있었다.

물고기가 미끼를 물듯, 사냥꾼이 사냥감을 쫓듯 마인은 자신을 피해 달아나는 이 무리의 사람들을 뒤쫓았다.

후방에서부터 한 명, 한 명, 애환이 가득한 제 삶이 타의에 의해서 끊어진다.

　정면으로 마인과 부딪쳐서는 딕스에게 승산이 없었다.

　그렇기에 적당한 장소에 은신한 뒤 기회를 노리려 했던 그다.

　한데 상황이 급작스럽게 꼬여 버렸다.

　'신은… 나만 미워하는 것 같군. 젠장맞을!'

　원망과 신세 한탄 따위로 시간을 허비하기에는 상황이 급박하다.

　당장 저 앞에서 달려오는 겁먹은 양 떼 같은 무리에 휩쓸릴 것을 걱정해야 한다.

　피할 곳을 찾기 위해 딕스는 좌우로 빠르게 고개를 돌렸다.

　안타깝게도 몸을 숨길 장소가, 아니, 썩 괜찮은 곳을 찾았지만 이 몸이 들어가기에는 공간이 너무 협소했다.

　할 수 없이 딕스는 뛰었다.

　적당한 장소를 물색하기 위해서.

　"헉헉헉… 헉헉!"

　예전 달리기 실력은 어디로 갔는지 지금의 그에게선 이를 찾아볼 수가 없었다.

　딕스를 추월하는 자들이 하나둘 늘어났다.

　사람들에게 부딪칠 때마다 딕스의 몸이 위태롭게 휘청거렸다.

　선두권에서 순식간에 밀려난 딕스다.

후방에서 들려오는 비명이 더욱 선명하고 커진다.

어느새 딕스의 몸은 땀으로 흠뻑 젖어버렸다.

이런 그의 가슴속에서 이 상황에 대한 분노와 짜증이 치밀었다.

한주먹거리도 안 되는 늙은 개뼈다귀 같은 마인 하나 때문에 아침부터 이 무슨 고생이란 말인가.

옷의 안쪽 면과 맞닿은 살이 아파오기 시작했다.

극악하게 고통스럽기라도 하면 시원하게 비명이라도 지를 텐데 이 아픔은 생채기를 부드럽게 쓸어대는 느낌이었다.

몸을 보호하기 위해 입은 옷이 지금은 가시 같았다.

"비켜!"

퍼억!

뒤에서 달려온 누군가가 딕스를 세게 밀쳤다.

그 힘에 딕스는 무리에서 튕겨 나갔다.

그의 몸뚱이가 울퉁불퉁한 가파른 길을 굴렀다.

온몸이 쓸리고, 박히고, 치였다.

고통이 이만저만이 아니었지만 이 고통보단…

'이런 식의 행운은… 불쾌한데.'

찾고자 했던 적당한 장소를 딕스는 찾을 수 있었다.

불행 중 다행이라고 해야 할 것이다.

"으아아아아악!"

"크아악!"

"다 죽어라! 다 죽어! 크하하하하하하!"

사람들의 비명과 마인의 발작성 행위.

딕스는 서둘러 독의 결정을 바닥에 떨어뜨렸다.

곧 딕스에 의해 안개가 생성되었다.

이전 그가 생성하던 안개와 비교하면 지금은 작고 초라한 안개였다.

그래도 사람 서넛은 충분히 가둘 수 있는 부피다.

독과 안개가 일체가 되었다.

눈에 띄는 안개다.

이 느린 녀석으로 발광하는 미친개를 잡을 수 있을는지.

욱신.

그의 이런 걱정이 호사라며 통증이 나무란다.

찢어지고 더럽혀진 옷.

찢긴 옷 사이로 핏물이 스멀거리며 고개를 내민다.

피를 보자 순간적으로 딕스는 강렬한 유혹을 느꼈다.

그러나 곧 그는 고개를 내저었다.

몸의 회복을 위해서 이는 도움이 되지 않는다.

수단이 아예 없는 급박한 상황이라면 또 모를까.

딕스는 마인이 지나갈 확률이 매우 높은 동선 옆쪽 비탈길에 안개를 매복시켰다.

마인을 피해 달아나던 젊은 여인이 강보에 싸인 아기와 함께 안개가 매복한 그 앞에 쓰러졌다.

겁에 질린 여인이 일어나려 버둥거렸다.

안타깝게도 그 여인은 일어나지 못했다.

넘어지면서 그만 발목을 크게 접질렸기 때문이었다.

공포가 선연하게 그 여인의 얼굴을 뒤덮었다.

강보에 싸인 아기가 어미를 재촉하듯 빽빽 울어댔다.

"아, 안 돼!"

마인이 현장에 도착했다.

이들에게 죽음은 기정사실이 되었다.

하지만 이들의 위기는 누군가에겐 절호의 기회였다.

기회를 거머쥔 딕스.

매복한 안개를 지금 움직이면 마인을 덮칠 수 있다.

확률이 높다.

딕스는 망설였다.

지금 안개를 움직이면 여인과 아기까지 휩쓸려 한 줌의 독
수로 변해 버릴 것이기에.

"나를 분노하게 한 죄다! 다 죽어라! 크하하하하."

자신을 바라보며 바들바들 떨고 있는 여인을 보면서 마인
은 그 앞에서 광소를 터뜨렸다.

미친자의 웃음 속엔 죽음의 꽃이 만발했다.

차가운 죽음의 그림자가 여인을 덮쳤다.

여인은 강보를 꼭 끌어안고서 눈물만 철철 흘렸다.

그건 체념이었다.

원망이었다. 슬픔이었다.

그때였다.

"이 미친개야, 미쳐도 곱게 미쳐야지 아침부터 이 무슨 개지랄이냐!"

딕스는 몸을 숨긴 장소에서 걸어 나와 마인을 향해 호통을 내질렀다.

비효율적이다.

어리석은 선택이다.

두고두고 후회할 일이다.

그럼에도 딕스는 위험하고 어려운 이 길을 선택했다.

'이런 짓… 오늘뿐이다.'

제국 놈들이 어찌 되든 자신이 알 바 아니다 따위의 생각은 지금의 그에게선 찾아볼 수 없었다.

죽음의 마수를 여인에게 뻗던 봉두난발의 남루한 마인이 딕스를 향해 고개를 돌렸다.

놈의 흉흉한 빨간 눈을 보자 딕스는 소름이 쫙 끼쳤다.

두근두근.

딕스의 심장이 거칠게 뛰기 시작했다.

한기에 침습당한 몸은 당당해지고 싶은 그의 심정을 외면하고 초라하게 오들오들 떨게 만들었다. 놈이 전혀 두렵지 않았지만 이 때문에 그의 목소리도 떨리고 있었다.

딕스의 호통은 마인의 관심을 끌기에 충분했다.

마인은 여인을 무시하곤 딕스를 향해 몸을 돌려세웠다.

그 순간 여인은 사력을 다해서 기어가기 시작했다.

"크크크크. 애송이, 죽으려고 용을 쓰는구나. 그렇다면 고통스럽게 죽여주마! 크하하하하하!"

성큼성큼.

마인이 딕스를 향해 성큼성큼 걸어간다.

딕스는 턱 끝을 오만하게 치켜들었다.

"덤벼, 새꺄!"

다시 한 번 딕스는 마인을 도발했다.

이는 그 자신의 긴장감을 털어내기 위한 행위도 포함된다.

그의 도발은 명궁의 화살처럼 정확하게 마인에게 꽂혔다.

마인의 혈광이 더 짙어진다.

"으야야야야야얍!"

짐승 같은 포효를 터뜨리며 마인이 딕스를 향해 몸을 날렸다.

놈이 몸을 날린 동선엔 딕스의 독 안개가 매복하고 있었다.

이를 사람들은 행운이라고 한다.

스르륵.

안개가 날쌔게 몸을 일으켰다.

마인의 몸 전체는 아쉽게도 감싸지 못했지만 하반신은 확실하게 물었다.

바윗덩이도 견디지 못하는 독을 어찌 인간의 몸으로 견딜 수 있으랴.

"크아아아아악!"

마인의 입에서 고통과 분노가 담긴 비명이 터져 나왔다.

순식간에 하체가 녹아버린 마인의 상체는 몸을 날린 그 가속의 힘에 의해 딕스의 면전까지 당도했다.

마인의 깡마른 더러운 손이 딕스의 멱살을 움켜잡았다.

당장 살수를 쓰기에 마인은 너무 고통스러웠기에 그러질 못했다.

그 순간 딕스는 망설이지 않고 휴대용 단검으로 놈의 오른쪽 안구를 찍어버렸다.

단검의 끝이 마인의 두개골 안쪽 벽에 부딪쳤다.

더 이상의 전진은 힘들었다.

단검의 주인인 딕스에게 그럴 힘이 없었기에 단검이 전진할 이유 역시 사라졌다.

마인은 끔찍한 모습으로 딕스의 발치에서 더는 움직이지 않았다.

하체가 녹아버린 마인의 안구에 박힌 단검. 그 자리에서 마인의 핏물이 울컥울컥 올라왔다.

"미쳐도… 헉헉. 고, 곱게 미쳐야지."

비틀.

대승리를 거두었다.

하지만 돌아서 걷는 그의 발길은 무척이나 위태롭고 힘겨

위 보인다.

*　　　*　　　*

알퐁소 시를 공포와 혼돈에 몰아넣었던 마인의 죽음.

이 사건은 많은 이들에게 깊은 의문을 던져 주었다.

시 당국은 마인이 공권력에 의해 주살되었다는, 뻔뻔한 발표를 아무렇지도 않게 내놓았다.

그 표현은 정확하지 않았지만 뉘앙스에서 이를 강하게 풍겼다.

이들의 이 어처구니가 없는 발표는 신빙성이 있었다.

앞서 마인이 도심에서 쫓겨 나가는 것을 시민들이 보았기에.

반면 빈민가의 사람들은 시 당국의 발표에 다들 어이없어 했다.

마인의 사망이 결코 시 당국과 관련이 없다는 것을 알기 때문이다.

많은 이들이 이를 알고 있었지만 빈민가의 그 누구도 이 일을 떠들지 않았다.

시 당국에서 나온 몇 푼의 복구비 때문이었다.

"와아! 아이나, 패튼, 완전 귀공녀, 귀공자 같네!"

황소처럼 덩치가 큰 행크다.

목소리도 제 덩치에 어울리게 무척이나 컸다.

그 목소리로 이 자리를 어색해하고 수줍어 하는 아이들 앞에서 말을 하니 두 아이 모두 깜짝 놀라 눈을 동그랗게 떴다.

그 모습이 또 귀엽다고 큰 목소리로 웃어대는 행크다.

"으하하하하하!"

"애들 경기하겠다. 작작해라."

행크의 천적인 올가가 출동하며 애들을 다독인다.

억울한 심정이 컸던지 행크는 자신의 편을 찾기 위해서 일행과 일일이 눈을 마주쳤다.

로이는 처음부터 행크의 행동에 관심이 없었다.

로이의 외면에 행크는 쓴 고배를 마신 듯 기분이 좋지 않았다.

곧 그 옆에 있는 레나에게 응원을 바라는 눈길을 보내는 행크다.

레나는 어색하게 웃으며 아이들이 먹을 간식거리를 가져오겠다면서 자리를 떠나 버렸다.

남은 사람은 딕스.

병색이 완연한 그의 모습을 보자 응원받기를 포기한 행크는 고개를 푹 떨어뜨렸다.

만사가 귀찮은 딕스로선 반가운 노릇이다.

묵묵한 눈으로 아이들을 바라보는 딕스.

하지만 그의 속내는 이와 같지 않았다.

'도와주려면 확실히 도와주든가, 아니면 그냥 놓아두는 것이 나은데.'

눈에 보이는 모든 사람이 다 어렵다고 해 그들 모두를 도와줄 수는 없는 노릇이다.

이는 나라도 할 수 없는 일. 하물며 일개인이 어찌 가당키나 하겠는가.

순간순간 제 마음 편하고자 약간의 동정과 연민만 보탤 뿐이다.

딕스는 올가의 행동이 그 약간의 동정이지 않을까 염려했다.

"아이나, 옷은 마음에 드니? 패튼은 어때?"

난생처음 입어본 새 옷과 따뜻한 목욕은 두 아이에겐 꿈에서나 가능했던 일이다.

그런 기적을 체험하다 보니 두 아이 모두 어리벙벙하다.

더욱이 눈앞엔 삐친 황소가 더운 콧김을 씩씩 내뿜고 있으니 말하기가 더욱 어려운 듯했다.

두 아이 모두 감사와 고마움을 수줍은 미소에 담아서 올가에게 보냈다.

올가는 이를 어렵지 않게 알아차렸다.

"좋다니 다행이다. 레나 언니가 가져올 간식은 다른 방에서 먹자. 아무래도 저 산이 되고 싶은 녀석 앞에서 먹음 너희

둘 다 반드시 체할 테니까."

"킥킥."

"헤헤."

아이들의 작은 웃음에 행크가 두 눈을 크게 떴다.

그러나 그뿐이다.

올가가 두 아이를 옆방으로 데려가자 로이가 작게 헛기침을 하며 분위기를 환기시켰다.

"흠흠, 그나저나 저 두 아이는 어쩌지?"

현실적인 문제다.

과연 저 두 아이를 어찌할까?

행크가 진지한 표정으로 말한다.

"데려가죠."

"데리고 간다… 그래서 그다음은 어쩔 건데?"

"우리 집이 꽤 크고 나름 부유층입니다. 저 두 아이는 부모님께 맡기면 될 것 같아요."

"아이를 맡아 키우는 일은 즉흥적으로 결정할 일이 아니다. 그리고 그 일을 맡아주실 네 부모님은 아무것도 모르시잖아."

진지한 로이의 반박에 행크는 그게 무슨 대수냐는 표정으로 말한다.

"로이 선배, 걱정 마요. 내가 자랑은 아니지만 우리 부모님무지 좋은 분이에요. 물론 아버지가 좀 깐깐하시긴 한데 뭐 그렇다고 나쁜 분은 아닙니다. 그러니 아이나와 패튼의 장래는 이 행크가 책임집니다. 우하하하하."

"너, 올가한테 잘 보이고 싶어서 내 말에 즉흥적으로 생각한 거지?"

로이의 날카로운 질문에 행크는 순순히 시인했다.

"그래요. 하지만 꼭 그것 때문만은 아니에요. 로이 선배도 들었잖아요. 올가와 딕스가 난처한 일에 처했을 때 아이나가 구원의 동아줄이 되어주었다고. 그러니 장차 올가의 부군 되실 이 몸이 그 은혜 갚음을 해야죠. 참, 딕스."

덩치와 목소리와 인상이 험악해서 그렇지 행크는 심성이 바르고 정이 깊은 청년이다.

그랬기에 올가가 반한 딕스를 일행에 끼워준 것이겠지만.

대화의 화살이 갑자기 자신에게로 향하자 딕스는 녀석이 무슨 말을 하려고 저러나 싶어 쳐다보았다.

"예."

"고맙다."

행크의 이 말에 로이가 피식 웃는다.

딕스 역시 행크가 무슨 뜻에서 이 말을 했는지 안다.

행크의 얼굴이 홍시처럼 빨개진다.

올가가 이 자리에 있었다면 그녀는 분명 이런 행크를 놀렸으리라.

'산에 단풍 들었네!' 라고.

멋쩍은 듯 연방 헛기침을 토하며 눈알을 데굴데굴 굴리는 행크.

"별말씀을."

이곳은 제국이다.

공국이라면 또 모르지만 적진의 내부에 침투해 있는 자신이 아이들의 문제에 나설 입장은 아니다.

이를 자각하고 있었기에 딕스는 철저한 방관자의 자리를 고수했다.

다행히 상황은 두 아이에게 행운을 몰아주고 있다.

'제국 놈들이라고 해서 다 나쁜 건 아니군.'

행크가 어깨를 쫙 펴며 말한다.

"그럼 결정 끝! 로이 선배, 선배가 올가에게 통보해 주세요."

"왜? 이런 건 네가 해야 점수 따지."

"사나이 대장부가 이깟 일로 생색을 낸다는 건 장차 제국의 검이 될 남자가 할 짓이 아니잖아요."

"둘러 가나 바로 가나 어차피 네가 결정한 일인 건 올가도 알 텐데. 새삼스럽게 빼긴."

로이의 말에 행크의 얼굴이 붉어진다.

"그, 그래도 제가 말하는 것보다 선배가 그 특유의 사람 혹하게 만드는 입담으로 말하는 게 좋잖아요."

한마디로 제대로 광고해 달라는 의미다.

이럴 땐 행크의 머릿속에도 꾀주머니가 있는 듯하다.

"알았다. 이건 좋은 일이니 나도 반갑게 나서마."

"고마워요, 선배. 내가 이래서 선배를 좋아한다니까요. 하하하."

행크와 로이를 빤히 응시하던 딕스는 자리에서 일어섰다.

아무래도 오늘은 알퐁소에서 하루를 더 묵어야 할 분위기다.

"딕스, 어디 가?"

"피곤해서 좀 쉬려고요."

"아, 그렇지. 그래, 푹 쉬어. 아무래도 오늘은 출발하기 힘들 것 같으니까 여기서 하루 쉬어도 괜찮지?"

"괜찮습니다. 그럼."

두 사람에게 가볍게 목례한 딕스는 제 객실로 걸어간다.

그러다 문득 천벽의 마인 수집가(?)들이 왜 오지 않았을까 하는 생각이 들었다.

아이나와 패튼을 돕기로 결정한 일행은 남매를 합류시켰다.

일행은 이제 일곱이 되었다.

다행히 마차는 두 아이를 태우고도 자리가 넉넉했다.

두두두두.

알퐁소 시에서 일행의 목적지인 프레드릭 성까지는 마차

로 나흘 거리였다.

지금과 같은 마차의 힘찬 질주는 프레드릭 성과의 거리와 시간을 더 줄일 것이다.

"아저씨, 이거 드세요."

턱을 괴고 창밖을 바라보고 있는 딕스에게 아이나가 말을 붙여온다.

그를 1분이라도 더 보았기에 그럴까? 딕스를 친근하게 느끼는 아이나다.

이는 그녀의 남동생 패튼도 마찬가지였다.

"아, 고맙다."

"아이나, 이 오빠도 받아먹을 손 있는데."

일행의 모든 여자들이 유독 편애(?)하는 이가 딕스다.

그렇다 보니 가끔 자신도 주체할 수 없는 시샘이 나곤 했다. 이번에도.

행크가 불쑥 끼어들며 큰 손을 아이나 앞에 쫙 펼친다.

아이나는 행크의 손이 꼭 커다란 보자기 같다고 생각했다.

굳은살이 단단히 박인 행크의 손은 기사가 되기 위한 그의 지난날의 노력을 말해주고 있었다.

외모는 불건전했지만 그 손은 건전했다.

"여, 여기 있어요."

"우와, 고맙다. 하하하하."

아이나도 이젠 행크를 더는 무서워하지 않았다.

그렇다고 쉽게 접근하기에는 그의 덩치와 인상이…

옆에서 이를 지켜보던 올가는 참지 못하고 혀를 찬다.

"넌 그러고 싶니?"

그 소리에 행크는 고개를 빳빳이 세우며 한 소리 했다.

"봤지? 아이나도 나의 매력을 알아보잖아."

"휴, 행크, 너의 그 행위를 뭐라고 하는지 알아?"

"……?"

"구걸!"

정답은 올가가 아닌 로이가 말했다.

그 말에 마차 안에서 폭소가 터졌다.

웃고 떠드는 가운데 일행이 탑승한 마차는 저녁밥 짓는 연기가 모락모락 피어오르는 작은 마을 인근에 도착했다.

어디서든 흔히 볼 수 있는 전원 마을이다.

일행은 오늘 밤을 이 마을에서 보내기로 했다.

문제는 일곱, 마부와 조수까지 포함하면 아홉이란 사람들이 쉴 만한 장소가 마을에 있느냐다.

다행히 일행의 이러한 걱정은 기우에 지나지 않았다.

'내일이면 프레드릭 성인가.'

농가를 통째로 빌린 일행은 두 명 혹은 세 명이 한방에 지내게 됐다.

딕스는 로이, 행크와 한방을 썼다.

향후의 계획을 차분히 세우고 있던 딕스를 향해 로이가 다가왔다.

"딕스 씨, 무슨 생각을 그리 골똘히 하십니까?"

"아뇨, 그냥 멍하니 앉아 있었습니다."

"그래요? 내일이면 드디어 프레드릭 성에 도착하는군요. 짧은 시간이었지만 기분 좋은 인연이라고 전 생각합니다. 하하."

진심이 담긴 로이의 말에 딕스는 부드럽게 웃으며 말했다.

"저도 덕분에 편하게 목적지까지 올 수 있었습니다. 그 점, 고맙게 생각합니다."

"제가 인사 받을 일은 아니죠. 행크가 주도하고 올가가 승낙해서 이루어진 일이니까요. 그런데 은인의 장례식에 참석한 뒤 곧장 고향으로 돌아가실 건가요?"

딕스는 고향이란 단어를 입안에서 굴렸다.

많은 이들이 순간 그의 망막을 스쳐 지나간다.

그중 가장 오랫동안 머무는 세 여인.

다음 신년은 이들과 함께 보낼 수 있기를 딕스는 조용히 소망한다.

"일이 끝나는 대로 가봐야지요. 여행하다 보니 고향보다 좋은 곳도 없더군요."

"올가와 레나가 많이 섭섭해하겠군요. 아, 아이나와 패튼도 그러겠군요."

딕스는 말없이 고개를 끄덕였다.

하지만 이들과의 인연은 그냥 스치는 것이다.

그에 연연해 마음 아파할 딕스가 아니다.

벌컥!

"로이 선배, 딕스! 마당에 모닥불 피웠어. 고기 구워 먹자! 빨리 와!"

마을에서 닭을 구입한 행크는 이를 모두 손질하고 모닥불까지 손수 피웠다.

로이가 도와주려 했지만 사양했다.

올가에게 잘 보이려는 노력의 일환이 아닐까 두 사람은 지레짐작했다.

행크는 이 말을 남기곤 여자들과 아이들 방으로 날듯이 뛰어갔다.

쿵쿵쿵쿵!

이러다 집이 무너지지 않을까 싶다.

딕스와 로이의 입가에 미소가 번진다.

"가시죠, 딕스 씨. 날은 춥지만 그래도 녀석의 정성을 생각해서 먹긴 먹어줘야죠."

"그리죠."

두 사람은 농가 마당으로 나왔다.

밤새 모닥불을 살려놓기라도 할 양인지 엄청난 양의 땔감이 한쪽에 수북이 쌓여 있었다.

여자들과 아이들을 대동하고 행크가 당당한 걸음으로 나

왔다.

"자, 자! 내가 입에서 살살 녹는 닭구이를 먹게 해줄게! 기대 잔뜩 하라고! 우하하하하하!"

"너 때문에 다들 지금까지 저녁 못 먹었어. 맛없었다간… 내 손에 죽는다, 행크."

"올가, 걱정 마. 내가 다른 건 몰라도 닭구이는 잘해. 소싯적에 한 서리 했거든. 하하하."

행크의 자랑에 올가는 한심하다는 표정을 지으며 한마디 한다.

"그건 도둑질이거든."

"아냐, 우리 집 농가에서 슬쩍한 거니까."

참 착한 서리꾼이 아닐 수 없다.

행크는 콧노래까지 부르며 다듬은 닭을 꼬챙이에 꽂아 모닥불에 올려놓았다.

그때 마부와 조수가 부식을 갖고 도착했다.

고구마와 감자는 불씨를 따로 빼낸 곳에다가 넣어두었다.

능숙한 행크의 솜씨에 올가는 의외라는 반응을 보인다.

그렇게 모두가 별을 머리에 이고, 모닥불가에 앉아서 이야기보따리를 풀었다.

이야기는 자연스럽게 정해진 순번에 따라 진행됐다.

행크는 마흔 전에 소드익스퍼트가 되어 중앙 기사단에 들어가는 게 꿈이라며 자신의 포부를 말했다.

올가는 집안의 도움 없이 제힘으로 병원을 개원하는 것이 바람이었고, 로이는 전공을 살려 마도 박사가 되는 것, 레나는 현모양처였다.

이제 딕스의 차례가 되었다.

"딕스, 네 꿈은 뭐냐?"

행크의 질문에 딕스는 진지한 표정으로 대답했다.

"무탈하게 사는 게 제 바람입니다."

그의 말에 행크는 어이없는 표정으로 나무랐다.

딕스와 같은 부류를 행크는 싫어했다.

한 번뿐인 인생, 열정적으로 살아야 한다고 믿는 주의였다.

"너, 그 말 우리 아버지가 늘 하시던 '인생은 말이다. 굴곡이 없어야 한다!' 라는 말과 일맥상통해. 딕스, 네 나이가 몇인데 벌써부터 사고방식이 그따위냐? 사나이란 모름지기 시련을 겪어야지. 그런 나약한 소리는 어디 가서 하지 마라. 다들 널 무시할 거야. 안 그러냐, 올가?"

청춘은 아픈 것이다.

청춘은 시련의 가시밭길이다.

고로 청춘은 빛나는 미래를 꿈꿀 수 있다.

로이는 행크와 달리 딕스의 바람에 깊이 공감했다.

반면 올가와 레나는 딕스의 삶이 순탄치 않았음을 느끼고는 측은한 표정으로 그를 바라보았다.

"행크, 사람은 누구나 자신의 생각이 있고 바람이 있는 거야. 그런 걸 가지고 남들이 무시하니까 그러지 말라는 것은 잘못된 거야. 어서 딕스 씨께 사과드려."

올가의 핀잔에 행크는 억울하다는 표정을 지었다.

두 눈을 부릅뜨며 노려보는 올가로 인해 행크는 풀 죽은 모습으로 딕스에게 말했다.

"그러고 보니 그렇긴 해. 내 생각과 다르다고 해서 상대가 잘못됐다고 손가락질하는 건… 음, 딕스, 미안하다."

딕스는 행크를 바라보며 속으로 혀를 끌끌 찼다.

'아직 애군. 하긴 바닥을 쳐보질 않았을 테니.'

갓 18세의 청춘, 딕스의 삶은 그 누구보다 파란만장하다 아니할 수 없었다.

분위기 전환을 위해서 행크가 나선다.

"딕스, 너 연애는 해봤냐?"

올가와 레나가 귀를 쫑긋 세우며 초롱초롱한 눈으로 딕스의 대답을 기다린다.

행크는 속으로 딕스가 애인이 있기를 진심으로 바랐다.

"연애라……."

말끝을 흐린 딕스의 태도에 행크는 답답함을, 아니, 초조했다.

목마른 자가 우물을 파는 법.

"지금 애인이 있냐고! 국가 기밀도 아니고 뭘 망설여. 으휴, 답답해."

"있습니다."

애인? 당연히 있다.

무려 셋씩이나 된다.

그러나 어찌 이를 저 외로운 솔로, 행크 앞에서 말하랴.

그랬다간 보나 마나 게거품을 물 것이 뻔한데.

남을 배려하는 딕스의 마음씨에 경의를.

"오! 그래? 야아, 잘됐다. 올가, 들었지? 딕스에게 애인이 있대. 하하하하하."

행크는 기뻐했고 올가는 그 얼굴에 섭섭함을 드러낸다.

남녀의 모습에 로이가 피식거렸고, 아이나와 패튼은 닭이 익기만을 두 눈 똑바로 뜨고 여전히 지켜보고 있었다.

"딕스, 예쁘냐? 네 애인 말이다. 올가랑 비교하면 어때?"

딕스의 세 여자 중 미모가 그나마 떨어진다는 평을 받는 시모나를 행크가 본다면? 아마 모르긴 몰라도 '올가의 외모가 참으로 평범한 것이구나!' 라고 느낄 것이다.

뭐, 의외로 행크는 순정남이라 올가만 예뻐 보일 수도 있다.

딕스는 단순 명료하게 대답했다.

"착합니다."

겸손하게.

"그래, 맞아. 여자나 남자나 착해야 해. 아무렴. 로이 선배, 안 그래요?"

"행크, 그만 떠들고 고기 익었는지나 봐라. 애들 침 넘어가는 소리가 천둥 같다. 하하."

"아차차! 예쁜 동생들, 이 형아가 실수했다. 보자… 익었나, 안 익었나? 어라, 익었네. 하하하하."

딕스에게 임자가 있다는 그 말에 만족한 행크는 어깨춤까지 덩실덩실 추며 익은 닭고기를 썰어 모두에게 배분한다.

그중 가장 크고 맛있는 부위를 딕스에게 흔쾌히 투척하는 행크다.

"딕스, 너 인마, 멋진 놈이다. 이거 먹고 빨리 건강해져라. 내가 너, 다 나으면 술 한번 찐하게 사마. 움하하하하!"

별과 음식과 모닥불과 청춘이 여기 있다.

그리고 좋은 사람들이 함께한다.

그래서 이 겨울밤이 딕스의 가슴에 아름다운 꽃씨가 된다.

"우리의 청춘을 위해! 건배!"

한껏 들뜬 행크가 활기찬 목소리로 물 잔을 높이 든다.

그의 선창에 모두가 후창한다.

여기엔 딕스의 목소리도 끼어 있다.

"청춘을 위해서!"

*   *   *

신비와 고귀함이 살아 숨 쉬는 몹시 아름다운 여인의 얼굴에 서릿발이 감돈다.

별빛처럼 반짝이는 풍성한 여인의 머리칼은 다듬질 않아서 어지럽게 흐트러져 있다.

양팔을 활짝 펼친 여인의 몸은 아래로 축 처져 그 상태로 허공에 고정되어 있었다.

바닥에 내려서지도 못하도록 여인의 양 손목에는 대못이 박혀 있다.

비단 양 손목만이 아니었다.

그녀의 양 발목 역시.

엄청난 고통일 텐데도 여인의 얼굴이 담고 있는 것은 놀랍게도 무심함이었다.

그녀의 이름은 룩셴, 아니, 루세니엘이다.

"룩셴, 이리 만나서 안타깝군."

퀴퀴한 냄새와 오래된 벽과 두꺼운 강철 문이 전부인 이곳을 사람들은 고문실이라고 부른다.

살기를 피워 올리는 루세니엘의 앞에는 오만한 표정의 클라우드가 서 있었다.

"날 어찌할 것이냐?"

예의 그 삭막한 어조다.

로브를 벗었지만 그녀의 말투는 여전했다.

"당분간 넌 나의 보호 속에 있어줬으면 좋겠어."

"…벽주는 모르는군, 내가 네 손에 있다는 걸."

"벽주가 알면 안 될 이야기가 있거든. 아, 뭐 장차 알겠지만 당분간은 벽주에게도 비밀로 해야 할 일이라서."

루세니엘이 클라우드의 두 눈을 뚫어버릴 듯 직시했다.

그녀의 눈에 담긴 것은 야수의 거친 살기였다.

클라우드는 이를 담담하게 받으며 루세니엘에게 바짝 접근했다.

놈의 손가락이 루세니엘의 매끈한 얼굴선을 천천히 훑는다.

루세니엘이 이에 진저리 쳤다.

그녀의 두 눈에선 더욱더 짙은 살기가 뿜어진다.

이러한 그녀의 반응은 클라우드를 즐겁게 만들었다.

"재미있지 않나? 너와 나의 지금 위치가 말이야. 넌 언제나 날 무시했지. 뭐, 네가 보기엔 난 모든 게 반쪽짜리였으니."

"대체 넌 뭘 노리고 있는 거지?"

하기에란 녀석이 딕스를 협박했다.

그놈을 추격하다 이러한 처지가 되었다.

처음엔 클라우드가 자신을 낚기 위해 이런 계략을 꾸몄다고 그녀는 생각했었다.

하지만 곰곰이 따져 보자 그것이 전부가 아닌 것 같았다.

있다, 무언가가. 놈의 심중에.

"노린다라… 글쎄, 내가 뭘 노릴까? 말해줄까? 아냐, 아냐, 안 할래. 이 의문은 네게 주는 선물이야. 당분간 이곳에 머물러야 하는데 그러자면 얼마나 따분하겠어. 그러니 천천히 내 생각을 추리해 봐. 아, 나는 이제 가봐야 할 것 같아. 알퐁소 시에 마인이 나타나 한바탕 난리를 쳤다더군. 뭐, 녀석이 죽어버려 효용 가치는 없지만 그 일을 조사하라는 상부의 명이 있었거든. 참, 뮬의 그 꼬맹이에게 앞으로 재미난 일이 벌어질 거야. 이건 네가 해나갈 추리에 대해 내가 주는 단서야. 나중에 보자고, 루세니엘. 후훗."

클라우드는 루세니엘에게서 등을 돌려서 걷는다.

철문 밖으로 나가려는 클라우드를 향해 루세니엘이 소리쳤다.

"너… 무슨 흉계를 꾸미는 거지?"

걸음을 멈춘 클라우드.

"흉계라니. 이건 책략이야. 정리 정돈을 위한 진통이라고도 할 수 있지. 후후."

그것이 끝이었다.

철커덩. 쾅.

철문이 닫히며 실내엔 정적과 냉기만이 감돈다.

'딕스……'

분노와 살기로 충천했던 루세니엘의 얼굴에 고통이 찾아든다.

부들부들.

떨리는 몸, 깨어져 나가는 정신.

그 끝엔 끝없는 나락만 있을 뿐이다.

그녀에게 허락된 마지막 세상.

그녀는 그곳으로 깊이 침몰했다.

*　　　*　　　*

행크 일행과 헤어진 딕스는 이틀간 프레드릭 성 외곽에 위치한 허름한 여관에 머물면서 라틴이 주최하는 파티장 주변을 탐문했다.

규모가 큰 파티이다 보니 저택엔 주야로 드나드는 사람이 많았다.

이렇다 보니 파티장으로의 잠입은 생각보다 어렵지 않았다.

그 방법은 이미 알아놓았다.

문제는 하기에란 놈의 숨겨진 목적이다.

'놈도 저기 있을까?'

불야성을 이루는 라틴의 파티장.

딕스는 언덕에 올라 파티장을 내려다보고 있었다.

묵묵한 눈빛이다. 그러나 그의 속은 쉼 없이 파도치고 있다.

야니스 가문의 사병들이 파티장 곳곳에 배치되어 경비를 선다.

저 사병들은 딕스에게 문젯거리도 안 된다.

딕스에게 저들은 눈뜬장님에 불과하다.

진정한 문제는 하기에고 놈의 꿍꿍이다.

하기에의 협박은 딕스에게 빠져나갈 수 없는 올가미였다.

'마인 노도가 뮬 공국의 딕스 르 시리우스다!' 라는 것이 밝혀지는 순간 사태는 걷잡을 수 없는 국면으로 치닫고 말 것이기에.

놈의 배후를 조사하겠다고 사라진 룩센. 성과에 관계없이 녀석의 얼굴이라도 봤으면 싶은 딕스다.

하아.

딕스의 입에서 하얀 입김과 함께 한숨이 흘러나온다.

'이것이 이중 함정이라면……'

딕스는 이 점을 의심하고 있었다.

혹시라도 저 현장에서 자신이 잡힌다면 이는 명확한 증거가 되어 제국이 뮬 공국을 압박할 수단으로 사용될 수 있다.

공국의 동맹국조차 이 일에는 명분이 없기에 수수방관할 수밖에 없다.

북부 왕국의 동맹 결성 취지가 북부의 안정과 평화임을 대외에 표방했기에.

그러니 마인 노도로 위장해 제국을 휘저은 딕스의 행위는 북부 동맹의 취지에 정면으로 위배된다.

자신의 행위가 북부 동맹에 큰 득을 가져다주는 일이라 할

지라도.

깊어지는 밤, 커지는 고민, 방황하는 결정.

저 파티도 내일이면 끝난다.

라틴 폰 야니스 역시 이곳을 떠나게 된다.

시간을 확인한 딕스는 남색의 후드를 뒤집어썼다.

그리고 준비해 온 흔하디흔한 나무로 만든 가면으로 얼굴을 덮었다.

휘이이잉.

한줄기 바람이 언덕을 훑고 지나간다.

복면을 쓴 사내가 딕스의 뒤에 홀연히 나타났다.

적? 아니면 아군? 여긴 제국 땅이다.

딕스는 자신과 연관된 단 하나의 끈도 이곳에 가져오지 않았다.

그런데 그런 그를 찾아온 자가 있으니…

"그대가 의뢰주요?"

복면인이 그를 향해 무심한 어조로 말했다.

칙칙한 남색의 로브와 큼지막한 후드, 그리고 흔한 나무로 만든 가면까지.

적어도 겉으로 봐선 딕스의 정체를 알아볼 길이 없다.

딕스는 목소리를 변조시켰다.

"그렇소."

"상당한 액수더군요."

"나의 청부를 맡기로 했기에 나온 것이라 생각해도 되겠소?"

"물론. 그 전에 한 가지 확인하고 넘어갈 게 있소."

"말해보시오."

"일의 성사에 상관없이 대금 지불… 확실하오?"

"물론이오."

복면의 사내는 딕스를 잠시 뚫어지게 응시하다가 이내 고개를 끄덕였다.

"작업은 당신이 지정한 내일 자정에 시작될 것이오. 그럼."

복면인이 사라지자 딕스는 가볍게 한숨을 내쉬며 파티의 흥이 한창인 불야성의 저택을 다시 내려다보았다.

청부!

제국에서 동원 가능한 제삼의 전투 수단이 없는 그에게 암살 조직은 유용한 들러리였다.

100만 골드라는 엄청난 금액을 지불하긴 했지만.

펄럭.

바람과 어둠이 전부인 황량한 언덕을 뒤로한 채 딕스는 그 자리에서 자취를 감추었다.

내일을 위해.

제3장

박색 복병

라틴 폰 야니스는 제 세상을 만난 듯 의기양양했다.

평소 그를 탐탁지 않게 여겨 접근하지 않던 자들도 그가 야니스 가문의 가주가 되자 하나둘 그의 곁으로 모여들었다.

그렇게 그를 찾는 자들이 늘어나자 파티의 규모는 커지고 일정은 예상보다 더 늘어났다.

오늘도 술과 여자와 아부꾼들에게 둘러싸여 파티의 마지막 날을 보내던 라틴.

취기가 오른 눈으로 그는 아름다운 귀족가의 영애를 데리고 홀 중앙으로 나가서 휘청거리는 걸음으로 춤을 추었다.

사람들은 파티의 주인공인 라틴의 우스꽝스러운 모습에도

칭찬을 늘어놓았다.

일꾼들이 분주하게 손님들 사이를 오간다.

"이봐, 여기 와인 한 잔 가져다줘. 화이트로."

"이 자식아, 여기 캐비아가 떨어졌잖아. 대체 일을 어떻게 하는 거야. 우리가 누군 줄 알아? 얼른 가져와."

"쯧쯧, 평민 새끼들은 저래서 안 돼. 평생 서빙이나 하다 늙어 죽을 거야."

"킥킥, 그래도 허우대는 좋네. 얼굴의 더러운 주근깨만 아니면 미남 소리 듣겠어."

젊은 귀족 남녀가 모인 곳.

주근깨가 얼굴 가득 덮인 청년이 비굴한 모습으로 허리를 연방 숙이며 주방으로 걸음을 재촉한다.

어디서나 흔히 볼 수 있는 얼굴이다.

하지만 그 눈빛만큼은 겉모습과 달리 결코 평범하지 않았다.

파티장에서 서빙 일을 하는 이 청년. 그는…

'30분 남았군.'

시계를 확인한 청년의 눈동자 깊은 곳에서 예리한 기운이 빠르게 스치고 지나간다.

주방으로 종종걸음으로 가던 청년이 잠시 걸음을 멈추었다.

홀로 들어오는 입구 쪽, 덩치가 곰처럼 큰 청년 하나와 두 명의 아리따운 아가씨가 파티장으로 들어오고 있었다.

이들은 행크, 올가, 레나였다.

그리고 이들을 알아본 서빙하는 청년은…

'저들이 왜 여기에?'

딕스의 표정에 난감함이 스친다.

이곳은 곧이어 위험한 전쟁터가 된다.

피가 튀고 날붙이가 비명을 지를 것이다.

공포와 혼란은 군중의 분별력을 빼앗을 것이고, 제 몸뚱이는 타인에게 흉기가 된다.

저들은 그 혼돈의 장에 제 발로 찾아왔다.

물론 저들이 알고야 그랬겠냐마는.

"올가, 레나, 죽이지? 내가 아버지께 싹싹 빌어서 간신히 구한 초대장이라고. 크크크."

라틴의 파티에 참석한 것이 자랑인 양 행크가 떠벌린다.

올가와 레나 역시 여러 파티에 참석했지만 이곳처럼 성대하고 화려한 파티는 처음이었다.

그리고 곳곳에서 쉽게 바라볼 수 있는 유명 인사들 하며.

딕스는 이들을 피하기 위해 걸음을 재촉하다가 앞쪽에서 한 무리의 귀족이 지나가는 바람에 발이 묶였다.

이런 그를 향해서 행크가 똑바로 걸어왔다.

서둘러 몸을 돌려세우는 딕스다.

행크가 그의 등을 툭툭 두드린다.

순간적으로 딕스는 '행크가 자신을 알아본 게 아닐까?' 라는 생각에 긴장했다.

하지만 이 무딘 눈썰미의 사나이는 딕스를 알아본 게 아니었다.

"요깃거리가 있음 가져다주시오."

"아, 예, 그리하겠습니다."

행크와 일행은 연회장에서 그나마 한산한 곳에 자리 잡았다.

그들의 위치를 곁눈질로 확인한 딕스는 눈살을 찌푸렸다.

하필 오늘의 타깃인 라틴의 주변.

암살자들이 습격할 시 저곳은 그들이 지나쳐 갈 동선이었다.

가만히 서 있는 그를 향해 서빙장이 다가와서는 옆구리를 손으로 힘차게 찌른다.

푸욱.

"으윽!"

"빨리빨리 일해. 어디서 농땡이야."

"아, 알겠습니다, 서빙장님."

시간은 어김없이 자정을 향해 달린다.

주방에서 와인과 음식을 받은 딕스는 행크 일행이 앉은 곳으로 바삐 걸어갔다.

그때였다, 하기에가 딕스의 눈에 띈 것은.

초저녁부터 딕스는 서빙을 하며 하기에를 찾아다녔다.

혹시라도 놈이 파티에 참석하지 않았을까 싶어서였다.

하기에는 혼자가 아니었다.

놈 옆에는 기가 막히게 예쁜 여인이 그에게 애정을 듬뿍 주고 있었다.

'저 여자는 눈이 삐었군. 어떻게 저런 녀석에게… 우웩!'

구역질이 치밀었다.

행크 일행이 앉아 있는 곳으로 가려던 딕스는 곧 발걸음을 하기에 쪽으로 돌렸다.

중간중간 그에게 주문을 넣는 자들이 많았다.

이들의 주문에 최대한 짧게 상대하며 이동하다 보니 좀 전까지 확인한 하기에를 놓치고 말았다.

'제 발로 걸어가서 처먹음 되지 왜 사람 발목을 잡아. 인간 올무도 아니고.'

잠시 자신을 붙잡은 자들을 원망하는 딕스다.

딕스는 2층 계단 쪽으로 급히 움직였다.

계단 중간에서 아래를 살펴본 딕스는 하기에를 찾을 수 있었다. 행크 일행과 불과 3미터 떨어진 테이블에서.

현재 시간 23시 50분.

앞으로 10분 후면 이곳은 고성과 피가 난무하는 난장판이 될 것이다.

그리고 그 난장판에서…

'너희들의 운이 좋기를… 바라겠다. 이건 진심이다.'

웃고 떠드는 행크, 그 행동이 민폐라며 얼굴을 붉히며 나무라는 올가, 그리고 이런 남녀를 웃으며 바라보는 레나.

저들에게 주어진 저 평화는 앞으로 10분밖에 남지 않았다.

딕스는 바삐 움직였다.

하기에를 향해서.

그러고는 준비해 온 추적 향을 하기에의 옷에다 성공리에 묻혔다.

곧 딕스는 이 자리를 떠나려 했다.

그러나 하기에의 동행인 여인의 말에 발길을 옮길 수가 없었다.

홀린 듯.

"루세니엘은 언제까지 숨겨둔대?"

"아, 아우셔 님, 여긴 듣는 귀가……."

"뭐, 어때. 들어봐야 우리가 무슨 이야기를 하는지도 모를 텐데. 그나저나 여긴 물이 왜 이래?"

"물이라뇨?"

"쓸 만한 수컷이 없잖아."

남녀의 짧은 대화. 하지만 여기서 딕스는 중대한 정보를 얻을 수 있었다.

바람의 아우셔!

마인 노도를 상대로 파견한 그림자 마법사 중 일인의 이름,

그리고 그 아우서의 성별은 여.

'하기에, 저놈. 천벽의 하수인이었구나!'

순간 딕스의 뇌리로 하기에의 진의가 파노라마처럼 펼쳐진다.

마인 노도를 공개적인 장소에서 잡아 그 정체를 폭로한다!

딕스의 추리였다.

함정.

등줄기로 순간 찌릿한 긴장감이 타고 흐른다.

"이봐! 서빙 남, 요깃거리 언제 줄 거야?"

우렁찬 목소리로 행크가 딕스를 향해 소리친다.

이에 아우셔와 하기에가 동시에 반응하며 고개를 뒤로 돌린다.

딕스와 남녀의 시선이 순간 허공에서 얽힌다.

지금은 12시… 자정.

땡땡—땡!

와장창!

쉭쉭쉭쉭!

"암습이다!"

"공작님을 보호해!"

"꺄아아아아아!"

"으악!"

파티장에 잠입해 있던 암살자들은 약속 시간에 맞추어 일제히 라틴을 공격했다.

라틴의 호위들이 암살자들이 날린 표창을 쳐 내며 인의 장막을 펼쳤다.

"나를 보호해! 나를 보호해!"

흥분한 라틴이 발악적으로 고래고래 소리를 질렀다.

어찌 안 그러겠는가.

그토록 소망하던 것을 이루었다.

한데 그걸 누려보지도 못하고 죽는다면 이 얼마나 억울하겠는가.

"공작님을 모시고 퇴각한다."

냉정을 잃지 않고 대처하는 라틴의 호위대장이다.

파티에 참석한 대부분의 손님들은 혼란에 빠져서 다들 우왕좌왕 일색이다.

서로 부딪치고 넘어지고, 숨고, 달아난다.

저들 대부분이 술에 취해 있었다.

와장창. 퍼억.

와르르.

개중엔 암살자들을 상대로 용감하게 나서는 자들도 있었다.

여기에 빠질 행크가 아니다.

딕스와 눈이 마주친 아우서는 그를 알아보지 못했다.

딕스는 뒤쪽으로 슬쩍 몸을 빼냈다.

하기에가 천벽의 하수인이면 제국은 자신의 정체를 이미 알고 있음이다.

그로서는 이렇게밖에 생각할 수 없었다.

그럼에도 저들이 이를 공론화하지 않는 이유는 확실한 증거를 만들기 위함이리라.

이리 짐작한 딕스는 인상을 와락 구겼다.

그러나 그가 모르는 것이 있었으니.

한 야망가로 인해서 정보가 왜곡되고 차단됐다는 것을.

딕스는 암살자를 상대로 맹렬한 기세로 싸우고 있는 행크와 테이블 아래 숨은 올가와 레나를 일별한 뒤 난장판인 파티장을 빠져나갔다.

암살자들의 침입은 계란으로 바위 치기였다.

공작가의 가주가 개최하는 파티가 어찌 허술하겠는가.

사태는 곧 진정 국면으로 접어든다.

"큭!"

"컥!"

하나둘 사라지는 암살자들.

그들이 내지르는 나직한 비명.

100만 골드에 제 목숨을 건 그들은 그렇게 무너져 갔다.

"입구를 봉쇄하라! 놈들이 달아나지 못하게 하라!"

"입구 틀어막아! 서둘러!"

파티장으로 통하는 모든 출입구가 병사와 기사들에게 가

로막혔다.

소기의 목적을 달성한 그는 일꾼들이 이용하는 루트를 통해서 이미 빠져나온 상태였다.

＊　　　＊　　　＊

라틴 폰 야니스의 피습 사건으로 프레드릭 성 전역은 검문검색이 강화됐다.

이 때문에 딕스의 성내 활동은 많은 제약을 받았다.

하지만 그 역시 당장은 움직일 생각이 없었다.

쾅쾅쾅!

매너 없는 노크 소리가 딕스의 상념을 깬다.

"누구요?"

"불심검문 중이오. 협조해 주시오."

눈살을 찌푸린 딕스는 객실 문을 열었다.

병사가 딕스를 위아래로 훑어보며 신분증을 요구했다.

딕스는 위조한 신분증을 내밀었다.

이를 꼼꼼히 확인한 병사가 말한다.

"여긴 무슨 일로 왔소?"

"지인의 장례식에 참석하러 왔습니다."

"장례식?"

죽음이란 단어가 들어가면 그가 누구든 일단 상대를 배려하게 된다.

이는 병사 역시 마찬가지였다.

딕스의 신분증을 돌려주며 병사가 말한다.

"지금 외지인에 대한 검문검색이 엄격하오. 함부로 돌아다 녔다간 경을 칠 수 있소. 되도록 일이 잠잠해질 때까지 여관 내에 머무는 게 좋을 게요. 그리고 실례했소."

병사들이 돌아가자 딕스는 문을 닫고 창가로 걸어갔다.

성의 모든 병사들이 다 출동했는지 민간인보다 병사가 더 많은 것 같았다.

공작 가문의 위세를 단적으로 보여주는 장면이 아닐 수 없다.

"아무래도… 놈을 잡아서 족쳐 봐야 알겠군. 그런데 루세니엘은 누굴까?"

아우서가 언급한 이 인물에 대해 하기에는 분명 꺼리는 태도였다.

하지만 당장 시급한 것은 하기에 놈을 잡는 것이다.

추적 향을 묻혀놓은 이상 놈을 찾아내어 잡는 건 어렵지 않았다.

곤란한 것은 그림자 마법사 넷이 놈의 주변에 있을 경우다.

이럴 때 룩센이 있었더라면 일이 좀 더 수월했을 텐데.

룩센의 존재가 참으로 아쉬운 딕스다.

"뭐야? 그 애송이가 왜 안 나타난 거지? 네 말을 씹은 거 아
냐?"

아우셔가 잔뜩 뿔난 표정으로 하기에를 닦달한다.

밖으로 돌아다니는 걸 의외로 싫어하는 그녀에게 임무의
장기화는 탐탁지 못한 상황이다.

답답하긴 하기에 역시 그녀와 별다르지 않았다.

분명 그가 움직일 카드를 사용했고, 이번 일이 반드시 성사
될 것이라고 녀석은 확신했다.

딕스가 오지 않아서 하기에는 물론 그의 주군인 클라우드
까지 천벽에서 웃음거리가 될 처지였다.

'이놈이 감히 내 말을 씹어! 그나저나 주군께서 회의석상
에서 그리 호언장담을 해놨는데 노도가 나타나지 않았으니.
허어, 이를 어이할꼬.'

제 입장보다 주군의 안위를 먼저 걱정하는 하기에다.

"하기에."

"아, 예, 아우셔 님."

"지금 내 말 씹는 것이냐?"

"무, 무슨 말씀을 하셨는지……."

정신이 없다 보니 그만 성격이 까다로운 눈앞의 존재를 깜
빡했다.

급히 정신을 수습한 하기에의 얼굴은 그래서 난감이란 두 글자가 두드러진다.

"귓구멍이 막혔다면 내 뚫어주랴!"

아우서의 서슬 퍼런 태도에 하기에는 자라처럼 목을 잔뜩 움츠렸다.

그녀는 한다면 진짜 하는 사람이었다.

이를 알기에 하기에는 그녀의 이 말을 결코 허투루 들을 수가 없었다.

"죄송합니다. 잠시 딴생각을……."

"내 클라우드의 얼굴을 봐서 이번은 참겠다. 다시 묻겠다. 그 애송이 건은 어떻게 처리할 것이냐?"

"제 독단으로 결정하기가 힘듭니다. 주군께 연락을 드렸으니 곧 답신이 있을 겁니다."

"흠, 이번 일로 클라우드를 싫어하는 자들이 좋아라 하겠군. 그래도 녀석에겐 루세니엘이란 패가 있으니 벽주의 눈 밖에 나는 일은 없겠지. 그래, 루세니엘은 언제 벽주에게 넘길 것이라더냐? 길면 그에게도 좋지 않아."

"그건 제 소관이 아닙니다."

하기에의 대답은 하나같이 아우서를 충족시키지 못하는 것뿐이었다.

다른 이가 이리했다면 아우서는 상대의 목을 날려 버렸거나 머리통을 뚫어버렸을 것이다.

아우서에게 클라우드는 인간 진정제 같은 존재가 아닐 수 없다.

"노도인지 노물인지 하는 그놈이 여기 안 오는 바람에 우리는 놈의 단서를 찾아 곧 떠나야 한다. 넌 어쩔 것이냐? 이리 가라, 저리 가라. 위에 것들의 처사는 이래서 마음에 안 든다니깐."

"전 이곳에서 주군의 답신을 기다린 뒤 움직여야 할 것 같습니다."

"그놈의 답신. 답신! 쳇, 알았다. 그나저나 이놈을 어디서 찾는담. 귀찮아. 정말… 귀찮아."

하기에의 진을 모조리 뺀 아우서는 그제야 사무실을 나선다.

잠시 안도하던 하기에는 언제 그랬냐는 듯 이를 바득바득 갈아붙인다.

'감히 날 무시해? 오냐, 애송이. 네가 그리 나왔으니 내 너의 소중한 물건 하나를… 지상에서 없애 버리마.'

하기에의 두 눈에 불길함을 부르는 스산한 기운이 감돈다.

대체 딕스의 무엇을 없애겠다는 걸까? 놈의 입이 꾹 닫혀버린 이상 알 수 없다.

하나 분명한 것은 놈의 이 생각이 딕스를 무척 화나게 만들 것이라는 점만은 확실하다.

성패를 떠나서.

프레드릭 성에도 어김없이 어둠이 찾아들었다.

성을 발칵 뒤집은 사건의 주역 라틴은 수행원들과 함께 황도로 떠나 버렸다.

그가 떠나자 프레드릭 성의 검문검색도 자연 느슨해졌다.

딕스는 이 틈을 이용해 하기에가 머물고 있는 건물 주변을 꼼꼼하게 정탐했다.

그는 바람의 아우서와 세 명의 남자들이 마차를 타고 사라지는 것을 목격했다.

이것이 3일 전 일이다.

그럼에도 그는 곧장 건물로 들이닥치지 않았다.

한 번의 실수가 치명타가 될 수 있기 때문이다.

신중에 신중을 거듭한 끝에 드디어 오늘 하기에를 잡아들이기로 결정한 딕스.

'건물 안에 존재감은 총 열셋. 추적 향은 건물 4층에서 짙군.'

딕스가 바라보는 건물은 5층 건물이다.

저 안의 모든 것을 잠재우는 일은 그에겐 일도 아니었다.

수면 약과 일체가 된 안개가 건물을 감싼다.

안개는 건물 내부로 스며들어 가서는 모두를 깊이 잠재워 버렸다.

물의 척후를 보내어 건물 내 움직임의 유무를 확인한 딕스는 그제야 건물 내부로 느긋하게 진입했다.

1층 입구에 세 명의 남자들이 엎어져 있었다.

이를 지나쳐 2층에 도착하자 계단 앞에 두 명이 보였다.

그렇게 4층까지 올라가면서 딕스가 확인한 사람은 총 아홉 명이었다.

나머지 세 명은…

굳이 그들을 신경 쓰지 않는 딕스다.

어차피 그들은 내일 아침까지는 세상모르고 잘 테니.

"이 방이군."

어디서나 흔히 볼 수 있는 문이다.

그러나 이 문을 바라보는 딕스의 두 눈은 예사롭지 않다.

냉랭하다.

방문은 안쪽에서 잠겨 있었다.

딕스는 물의 검을 면도날처럼 얇게 만들어서 안쪽 걸쇠를 잘라 버렸다.

툭.

발끝으로 문을 툭 쳐서 열어젖힌 딕스는 내부를 살핀 이후 안쪽으로 발을 디뎠다.

하기에는 책상에 엎어져 하늘이 무너져도 모를 만큼 깊이 잠들어 있었다.

놈을 향해 곧장 성큼성큼 걸어간 딕스는 놈의 머리채를 움켜잡아 책상 아래로 패대기쳤다.

손가락에 붙은 놈의 잔재(?)는 입김으로 날려 버렸다.

우당탕.

강력한 수면 약에 취한 하기에는 그럼에도 꼼짝하지 않았다.

딕스는 놈에게 잠 깨는 약의 향기를 맡게 했다.

이 냄새는 석상도 진저리 치게 할 만큼 몹시 지독한 것이다.

얼른 뚜껑을 닫은 딕스는 찌푸린 얼굴로 책상다리 자세로 책상에 앉았다.

나직한 신음과 함께 하기에는 흐리멍덩한 두 눈을 끔뻑거렸다.

"…내가 왜?"

바닥에 패대기쳐진 이유를 모르는 하기에다.

흐릿한 눈으로 사방을 둘러보던 하기에의 얼굴이 일순간 크게 경직되었다.

책상에 앉아 자신을 내려다보고 있는 낯선 인물.

날쌘 고양이처럼 벌떡 일어선 하기에는 품에서 단검을 빼들려 했다.

더듬더듬.

그런데 단검이 없었다.

하기에는 더욱더 당황했다.

딕스의 느긋한 음성이 하기에를 찾는다.

하지만 그의 내심은 하기에만을 위한 북풍한설이 몰아치

고 있었다.

"이걸 찾나, 하기에?"

"너, 넌 누구냐!"

도대체 무슨 일이 있었던 걸까?

하기에는 이 상황이 몹시 혼란스럽기만 했다.

자신만 쏙 빼고 세상이 뒤바뀌기라도 한 것일까? 그러지 않고서야 이 일을 어찌 설명한단 말인가.

딕스는 혀를 끌끌 차며 하기에의 모습에 실망감을 드러냈다.

"쯧쯧, 협박범이 피해자를 잊으면 쓰나, 하기에."

"…노, 노도!"

걸려도 된통 걸린 하기에다.

하지만 자신에겐 놈을 꼼짝 못하게 할 패가 있지 않은가.

이에 용기를 내보는 하기에다.

그러나 놈은 상대를 몰라도 한참 모른다.

딕스가 어떤 인물인지.

"내 말을 무시했더군, 노도, 아니, 딕스 백작. 그 결과에 대해서 백작은……"

"그 주둥이 닥치고 내 말부터 들어. 나, 지금 몹시 예민하니까… 그러니까 넌 최대한 내 비위를 맞추며 질문에 협조적으로 나와야 할 것이다. 아니면 널 조금씩 조금씩, 그리고 천천히 찢어주겠다. 겨울은 유독 밤이 길지."

딕스는 한다면 하는 인물이다.

평소의 그는 나름 착하다.

그런대로 관대한 편이다.

그러나 적이라 판단되는 자들에게 그는 몸서리쳐질 만큼 잔인하고 혹독하다.

인간이 종이도 아니고 대체 어떻게 찢는단 말인가.

하긴 말로는 뭔들 못할까.

하기에는 그의 차디찬 협박에 순간 온몸에 오싹 소름이 돋았다.

"날 건드리면 네놈의 정체가 온 세상에 밝혀질 것이다. 그걸 감당할 자신이 있느냐!"

"방금 넌 내 말을 무시했다. 화가 잔뜩 난 사람에게 너의 그런 행동은 아픈 보답으로 돌아가는 거야. 좀 아플 것이다, 하기에. 아! 정정하지. 많이."

"……?"

하기에의 다리를 물 덩이가 감쌌다.

그 물 덩이는 하기에의 다리 살을 천천히 조금씩 찢기 시작했다.

"크아아아아아아! 헙!"

온몸을 쪼개는 끔찍한 고통이었다.

그럼에도 하기에의 비명은 그리 길지 않았다.

그의 비명이 시끄럽다며 딕스가 물 덩이로 입을 채워 버렸기 때문이다.

생살이 찢기는 고통과 익사의 두려움에 빠진 하기에는 간질 환자처럼 온몸을 떨어댔다.

정신이 쏙 빠진 놈에게 딕스는 뼛골이 시릴 만큼 차가운 물세례를 퍼부어서 깨웠다.

덜덜덜.

하기에의 길고 끔찍한 밤이 이렇게 시작되고 있었다.

물? 그건 매우 무서운 흉기였다.

딕스는 하기에를 밤새 조금씩 찢었다.

그러나 그가 궁금하게 여기는 것들은 그의 이와 같은 꾸준한(?) 노력에도 불구하고 해결되지 않았다.

하기에는 악에 받친 얼굴로 밤새 저주만 퍼부어댔다.

곤경에 처한 자의 저주 따위 신경 쓸 딕스가 아니다.

오히려 놈을 더 독하게 다루었다.

그럼에도 놈은 끝까지 정보를 토설하지 않았다.

하기에는 딕스에게 깊은 인상을 남겼다.

'독종이야. 독종.'

하지만 그 건물에 입은 하기에 하나만 있는 게 아니었다.

놈보단 질(?)이 떨어지겠지만 다른 녀석들도 있었다.

개중 하기에와 판박이 같은 독종도 있었지만 아닌 녀석도 두엇 있었다.

양질의 정보는 얻을 수 없었지만 그래도 이 하나만은 확실하게 알아낼 수 있었다.

천벽과 별개로 하기에가 자신에게 접근했다는 것과 놈들이 룩셴을 낚기 위해 함정을 팠다는 것을.

딕스는 '룩셴이 놈들의 함정에 걸려들지 않았을 것이다.'라고 생각했다.

이는 룩셴의 능력을 딕스 자신이 잘 알고 있었기 때문이다.

차라리 손으로 하늘을 가렸다는 말이 그를 납득시킬 수 있을 것이다.

'본업으로 돌아가야겠군.'

천벽에서 나온 네 명의 그림자 마법사.

딕스는 이들을 공략하는 것을 시작으로 마인 노도의 건재함을 과시하기로 했다.

그리고 그 행위를 통해 하기에의 배후를 움직일 생각이었다.

'하아, 그나마 사부가 움직여 줬으니……'

아련함이 깃든 딕스의 눈길이 여명에 물든 북쪽 하늘을 본다.

그 하늘에 떠 있는 것은 그가 사랑하는 여인들.

내년엔 그녀들과 함께 벽난로 앞에 앉아 대화와 다과를 나누길 그는 진정으로 소망했다.

큰 후드 로브.

이 차림은 제국인들의 뇌리에 한 사람의 특징으로 고착됐다.

마인 노도.

노도가 다시 나타났다!

노도가 사탕 가게를 피습하기 시작했다!

노도가 중서부 지역으로 이동 중이다!

제국이 단 한 명으로 인해 다시 한 번 들썩인다.

"클라우드, 자네의 직관력만큼은 둔재로군. 내 자네의 인간적인 면을 본 것 같아서 오히려 기분이 좋아. 하하, 언제 한 번 술이나 하지."

한 무리의 사람들을 거느린 자가 복도에서 마주친 클라우드에게 웃는 낯으로 물을 먹인다.

이곳은 수도, 천벽 내 중앙 복도.

클라우드는 한마디 말도 없이 묵묵한 눈길로 상대를 쳐다볼 뿐이다.

이 점이 상대를 더 기분 나쁘게 한다.

"내 충고 한마디 할까? 사회생활은 재능 하나로 헤쳐 나갈 수 있는 게 아니야. 그리고 이번 프레드릭 성에서 벌어진 사건이 자네를 곤란하게 만들 것일세. 아, 이건 자네의 직관에 관한 이야기가 아니야. 자네 형인 라틴 폰 야니스 공작 전하의 이야길세. 그가 자네를 몹시 우려한다더군. 잘해보게."

툭툭.

클라우드의 어깨를 치며 우쭐한 걸음으로 스쳐 가는 남자.

클라우드는 넓은 소매에 가려진 제 손을 힘주어 말아 쥐었다.

'지금 그녀를 벽주에게 내놓았다간 면죄부의 가치밖에 안 된다. 좀 더 묵혀두어야 하나?'

복도 창을 통해 바라본 하늘이 오늘따라 유난히 높게만 보이는 클라우드다.

"아! 클라우드 님, 여기 계셨군요."

"무슨 일인가?"

"댁에서 하인이 다녀갔습니다."

"하인이?"

"예, 이 말을 전해달라고 하더군요. 벽걸이 장식장이 떨어졌다고. 아끼시는 물건인가 봅니다. 하인이 여기까지 찾아와서 이 말을 전하는 걸 보면요. 그럼 전 이만."

말을 전해준 이가 사라지자 클라우드의 표정이 눈에 띄게 굳어진다.

'누가 하기에를……'

*　　　*　　　*

마인 노도의 재등장은 그를 제거하기 위해 출동한 네 명의 그림자 마법사들을 불러들였다.

그러나 이들은 알지 못한다.

자신들이 노도를 쫓고 있는 게 아니라 노도가 자신들을 뒤쫓고 있었음을.

'저 계집이 아우서, 저 중늙은이가 이그로, 저 땅딸보가 아쉬, 저 백발의 깡마른 노인이 이란트.'

여관으로 막 들어가는 삼남일녀를 맞은편 빵집 창문에서 한 남자가 유심히 바라보고 있었다.

남자의 이름은 딕스.

"손님, 빵 나왔습니다. 아차, 요구르트는 곧 가져다 드릴게요."

"고마워요."

명품 미소로 빵집 아르바이트 아가씨를 대취시킨 딕스는 우아하게 빵을 뜯어 먹으며 그림자 마법사 제거 계획을 세운다.

중늙은이 물의 이그로. 딕스가 점찍은 첫 번째 표적이다.

지난 열흘, 딕스는 이들을 미행했고 숙고 끝에 물의 이그로를 먼저 제거하기로 결정했다.

전날 물의 그림자 마법사인 아이나처럼 저 이그로도 자신에게 흡수되는 게 아닐까 하는 생각이 딕스를 찾아온다.

찝찝하지는 않았다.

오히려 딕스는 이를 설레어 했다.

아이나를 흡수한 뒤 그는 전천후 병기인 물의 검을 얻을 수 있었다.

그가 설레어 하는 이유였다.

"요구르트 나왔습니다, 손님."

"아, 고마워요."

곧 다가올 봄, 종업원은 딕스의 미소에서 이를 먼저 느낀다.

하지만 그녀는 모르리라.

저 남자의 훈훈한 미소 이면에 숨겨진 진면목을.

엉덩이를 살랑이며 걸어가는 종업원의 뒤태를 그냥 무심히 보던 딕스는 자신을 째려보는 시선을 느낀다.

그쪽으로 고개를 돌린 딕스는 깜짝 놀라고 말았다.

아니, 황당함을 느꼈다.

딕스를 째려보는 시선으로 주시하던 여자가 그를 향해 곧장 걸어온다.

풍성한 일자 눈썹, 좁은 어깨 위 네모진 큰 얼굴, 이 큰 얼굴과 어울리지 않는 너무나 앙증맞은 눈과 코, 그나마 입술이 큰 얼굴과 중심을 맞춘다.

두툼하고 커다란 메기 입술의 여자.

그녀의 일행으로 보이는 자들이 여자의 돌발 행동에 무슨 일인가 싶어 다들 엉덩이를 들썩인다.

여자가 제 일행에게 명령한다.

"앉아 있어."

여자의 말에 그 일행은 다시 자리에 엉덩이를 붙였다.

딕스의 테이블 앞에 선 여자가 그에게 말한다.

"가난한 백수가 이 먼 제국까지 무슨 일이지?"

백수? 딕스를 이리 부를 수 있는 여자는 이 세상에 단 하나뿐이다.

싱그로아 왕국의 마리아 데 란스에.

딕스에겐 이 이름보다는 '잘생겼구나, 넌.'으로 기억된 못난이 영애.

그녀가 싱그로아가 아닌, 제국의 중부 도시 토사이에 등장했다.

딕스는 순간 인상을 와락 구겼다.

일단 시침부터 뗀다.

"날 아시오?"

"어찌 너를 잊을까."

마리아는 그의 맞은편에 제 엉덩이를 붙이더니 그를 자세히 바라보며 팔짱을 낀다.

그녀의 시선에 딕스는 황당함을 느꼈다.

되도록 주위의 이목을 끌지 않으려는 그에게 한눈에 확 띄는 못난이 마리아와의 합석은 반갑지 않은 일이었다.

"휴우, 나와 마리아 영애의 인연은 그날 이후 끝난 것으로 아는데."

엉덩이에 뿔난 계집아이에게 세상의 따끔함을 설핏 보여 주었다.

그날의 충격이 꽤나 컸을 법도 한데 두려움 없이 자신에게 먼저 다가오다니.

이러기는 정말이지 쉽지 않은 일이다.

그녀가 까마귀 고기로 삼시 세끼를 해결하지 않는 한.

싫어하는 기색이 노골적인 딕스의 태도에도 마리아는 아랑곳하지 않았다.

"그건 내 맘이야."

"난 여자라고 봐주는 그런 남자가 아니다. 꺼져."

딕스는 그녀에게 자신의 뜻을 정확하게 전달했다.

이 말을 듣고도 안 꺼진다면?

'설마 그런 일이 발생하겠어!' 라는 게 딕스의 정확한 생각이다.

하지만 인생은 늘 반전이 있는 법.

이제 그것에 익숙할 법도 한데 아직 이놈이 낯설기만 한 딕스다.

마리아는 딕스의 말을 무시하곤 제 말만 했다.

"꽤 오랫동안 너에 대해서 생각했다. 그래서 결론을 내렸지. 하지만 그 어디에도 넌 없었다. 사람을 많이 풀었다. 돈도 많이 썼다."

그녀의 말의 요지는 현재까지 없다.

아니, 있었지만 딕스는 이를 들으려 하지 않았고 보려 하지
도 않았다.

그저 그녀가 귀찮을 뿐이다.

"쓸데없는 짓을 했군. 할 말 다 했으면 가봐. 난 식사 중이
야."

꾸욱.

테이블 아래 마리아의 손은 제 치마를 쥐어뜯듯이 움켜쥐
고 있었다.

"아니, 안 가."

딕스는 제 귀를 의심했다.

그녀의 성격이 굉장히 지랄 맞다는 것은 알지만 자존심까
지 없지는 않았다.

한데 지금 자존심을 무참하게 짓밟혔음에도 그녀는 화를
내기는커녕 오히려…

"너에게 끌려."

딕스는 입에 있던 빵을 모조리 뿜고 말았다.

충격!

그 파편은 고스란히 마리아를 덮쳤다.

그녀의 얼굴과 옷은 딕스가 뿜은 이물질로 더럽혀졌다.

마리아의 수행원들이 벌떡 일어나 이쪽으로 달려올 기세다.

도도한 표정으로 그들을 손짓으로 주저앉히는 마리아다.

손수건을 꺼낸 그녀는 천천히 이를 닦아냈다.

사레가 들린 딕스는 그녀 앞에서 켁켁거릴 뿐이다.

겨우 진정이 된 딕스는 잠긴 목소리로 간신히 말했다.

"너, 미쳤구나?"

"인정해. 그래서 확인하고 싶어."

"……?"

"내가 미쳤는지 안 미쳤는지, 너를 통해서."

꼿꼿한 자세로, 당당한 표정으로 마리아는 자신의 뜻을 이처럼 밝혔다.

거머리, 왕거머리가 그녀의 두 눈에 살고 있었다.

와락.

딕스의 표정은 더 이상 구겨질 수 없을 만큼 구겨진다.

왜 하늘은…

'진짜 나만 미워하나 보군.'

* * *

물의 이그로는 규칙적인 취미가 있었다.

그것은 이른 새벽마다 홀로 산책하는 것이었다.

딕스가 이들을 감시하는 내내 이그로의 취미 생활은 멈추지 않았다.

오늘도 이그로는 홀로 새벽 거리를 산책했다.

적당한 먹잇감이 참으로 반갑게 행동해 주었다.

"누구냐?"

돌연 걸음을 멈춘 이그로가 주변을 빠르게 돌아보며 소리친다.

도시는 어둠과 안개와 고요에 잠겨 있었다.

드문드문 서 있는 가로등은 안개 속에 번져 나가 제 역할을 다하지 못한다.

현재 이 인공의 빛을 통한 사물의 식별은 어렵다.

그저 흐릿한 실루엣만 보여줄 뿐이다.

큰 후드 로브.

마인 노도의 상징물.

하나 그 가격과 효용성이 뛰어나 여행객들이 즐겨 찾는 옷이기도 하다.

그래서 공포의 상징이면서도, 그 공포를 사람들은 늘 보고 살아간다.

딕스는 친절하게 자신의 정체를 밝혔다.

"노도."

흠칫!

"네, 네놈이 마인 노도라고!"

그림자 마법사의 특징 중 하나가 빠른 공격 속도다.

이들의 이러한 공격 능력은 기사들의 발검과도 견줄 만큼 매우 뛰어나다.

지금 그 공격 마법이 딕스를 향한다.

회전하는 물의 송곳.

숫자는 여덟.

쇄애애액.

공격을 날린 이그로는 두 번째 마법을 준비했다.

그가 준비한 마법은 분신술.

물의 마법과 분신술? 얼핏 들으면 어울리지 않는 궁합이다.

하지만 그림자 마법사들 자체가 이단아들이다.

식별할 수 없는 물의 송곳은 신궁의 화살처럼 정확하게 딕스를 향해 날아갔다.

맹렬하게 회전하는 이 물의 송곳은 딕스의 몸을 훼손하지 못했다.

이그로가 날려 보낸 송곳은 그의 앞에서 작은 물방울이 되어 안개 속으로 스며들었다.

그때 분신술을 통해 이그로는 일곱이 되었다.

"특이하군. 하지만 그뿐이다."

실체와 분신은 한눈에도 알 수 있었다.

분신은 반투명한 몸체를 가진 액체였으니까.

분신이 실체의 물리력을 행사하지 못하면 저건 박수감인 눈요깃거리에 불과하다.

자신의 정체를 알려줬는데 이그로가 단순히 눈요깃거리를 만들었을까?

결코 아닐 것이다.

말은 오만하게 했지만 딕스의 속내는 이그로의 분신들이 어떤 능력을 발휘하는지 몹시 기대하고 있었다.

샤샤샤샤.

이그로의 분신은 굉장히 빠른 속도로 딕스를 향해 일제히 달려들었다.

분신마다 손에 하나씩 액체의 검을 들고 있었다.

딕스는 그 검이 익숙했다.

그 자신에게도 물의 검이 있었기 때문이다.

딕스는 자신의 물의 검을 날려 이그로의 분신들을 상대했다.

물의 검은 그의 의지대로 허공에서 자유자재로 움직였다.

"대체 넌 무엇이냐? 어째서… 그와 같은 능력을 가질 수 있느냐?"

이그로가 놀란 얼굴로 딕스에게 소리쳤다.

"너의 능력이 고작 이것이냐?"

물의 검의 속도가 갑자기 빨라지더니 분신 셋을 단숨에 잘라 버렸다.

나머지 세 분신이 흩어져 딕스를 삼면에서 공략했다.

이들의 공격은 앞서 물의 송곳이 안개로 스며들었듯 그렇게 곧 사라져 버렸다.

이 장면에 이그로는 어이가 없었다.

아니, 정확하게는 경악했다.

"어, 어떻게?"

"실망이군. 난 또 뭔가 대단한 기술이 있을 것이라고 생각했는데."

무시하는 딕스의 말투에 이그로는 얼굴을 붉히며 분노를 터뜨렸다.

"오냐! 내 네놈의 그 오만방자함을 보잘것없는 네 목으로 대신하마!"

"말이 아닌 실력으로 입증해라, 이그로."

성큼.

딕스는 이그로를 향해 걸어 나갔다.

이그로의 전신이 그 순간 액체화된다.

이는 딕스가 기다리던 장면이었다.

이전 저 모습을 보고 참으로 깜짝 놀랐다.

너무 놀라 오줌까지 찔끔 지릴 정도였다.

그러나 이젠 저 모습이 전혀 놀랍지도, 두렵지도 않았다.

왜냐? 저건…

'물이니까.'

새벽의 황량한 거리에서 창노한 음성의 남자가 비명을 지른다.

그것은 소멸을 알리는 목소리였다.

격돌!

그것은 일방의 처참한 소멸이었다.

"아, 안 돼! 으아아아아아!"

이그로의 액체화된 육신은 딕스의 전신으로 강제로 흡수 당했다.

* * *

점심시간이 다 되어가도록 돌아오지 않는 동료를 찾기 위해서 아우셔와 아쉬, 이란트가 수색에 나섰다.

그러나 이들의 노력은 증발된 물방울 찾기처럼 어려웠다.

도시 전역을 뒤지고 다녔지만 이들은 이그로의 머리카락 한 올도 찾을 수 없었다.

상황이 심상치 않다고 느낀 이남일녀의 표정은 굳어버렸다.

그림자 마법사들이 대체로 독자적인 행동을 잘하지만 임무 중에는 그런 경우가 거의 없었다.

굳이 한 명을 꼽으라면 룩센뿐이다.

"대체 이그로는 어디 간 거지? 말없이 사라질 녀석이 아닌데."

일행 중 연장자인 불의 이란트는 주름 가득한 얼굴에 불신과 의문을 띤다.

키가 작아 딕스가 땅딸보란 별명을 붙여준 땅의 아쉬는 짧은 팔로 팔짱을 낀 채 연방 그 큰 머리를 갸웃거린다.

"혹시… 당한 게 아닐까?"

아쉬의 말에 아우셔와 이란트가 동시에 콧방귀를 뀐다.

"말이 되는 소릴 해요, 아쉬."

"나도 아우셔의 말에 동감이다. 이그로는 그리 만만한 녀석이 아니야. 분명 다른 이유가 있을 거야."

두 사람의 핀잔에 아쉬는 안 그래도 없는 목을 더 움츠린다.

하지만 이는 그의 습관으로, 두 사람의 핀잔에 위축되어서가 아니다.

팔짱을 풀며 아쉬가 언짢은 어조로 말한다.

"이 상황을 내게 납득시켜 봐. 이그로의 행방에 대해서. 누가 녀석을 갈아 마셔 버린 것도 아닐 테고."

뒷말은 웃자고 그냥 한 농담이다.

농담이라고 했지만 실제 그와 같은 일이 벌어졌음을 이들이 어찌 알까.

아우셔가 아쉬를 째려본 뒤 곧 그 시선을 이란트에게 돌린다.

"이곳, 천벽의 외부 지단… 아, 박살 나서 없군. 망할 노도 녀석. 애들 상심하게 사탕 가게는 왜 때려 부수고 지랄이야.

성인 품목도 넘쳐나는데. 칫, 이란트, 이그로의 행방을 찾을 때까지 당분간 이 도시에 있어야 할 것 같지 않아요?'

"프레드릭 성에서부터 자꾸 헛물만 켜고 있군. 흠, 아우셔가 본부에 연락을 넣어라."

"알았어요. 그리고, 아쉬."

"응?"

"유머도 상황을 봐가면서 하세요. 당신의 유머는 늘……."

"늘?"

"우중충해요."

아우셔는 더 들을 말이 없다는 듯 벌떡 일어나서는 방을 나선다.

탁.

복도에 선 아우셔의 고운 얼굴에 돌연 분노의 서릿발이 깔린다.

'이그로는… 당했다. 이곳에 놈이 있다. 놈이!'

객실에서와 전혀 다른 아우셔의 독백이다.

*　　　*　　　*

아우셔 일행이 토사이 시를 떠나지 않자 딕스 역시 도시에 머물 수밖에 없었다.

그는 이들을 감시하며 공격의 틈을 엿보았다.

아무래도 그림자 마법사 3인은 딕스 입장에서도 부담되는 숫자였다.

저들 모두 물의 그림자 마법사라면 이야기는 달라지겠지만.

'놈들을 분산시켜야 할 텐데. 흠.'

이를 강구하던 중 딕스는 원치 않는 이의 방문을 받았다.

똑똑.

한두 번이 아닌 듯 그는 노크 소리의 주인이 누구인지 단숨에 알아차렸다.

와락 일그러진 얼굴로 딕스는 문을 벌컥 열었다.

기적을 내지 않아도 상대가 절대 돌아가지 않을 것임을 앞서의 경험을 통해서 이미 숙지했기에.

"또 무슨 일이오?"

역시나 복도엔 마리아 데 란스에가 서 있었다.

그녀는 딕스가 묵고 있는 객실의 맞은편에 방을 얻었다.

이후 수시로 그의 방문을 두들겼다.

딕스를 향한 복수로 이런다면 그녀는 제대로 된 복수를 하고 있는 것이다.

지금의 딕스에게 마리아 데 란스에는 진정한 복병이었다.

박색 복병.

"쇼핑 갈 건데 같이 가자."

딕스는 혈압이 뻗쳤다.

"너, 자꾸 사람 귀찮게 할래? 나, 너 싫다고 했지? 너에게 눈곱만큼도 관심 없다고 했지. 그러니 너 갈 길 가라. 사람 짜증 나게 하지 말고."

딕스의 거침없는 폭언에도 마리아는 흔들리지 않았다.

그녀의 이러한 태도가 다시 한 번 딕스를 열 받게 했다.

"좋은 거 사 줄게."

번데기 앞에서 주름을 잡아도 유분수지.

딕스는 억만 골드의 재력가다.

지금도 그의 재산은 놀라운 속도로 증식하고 있다.

이제는 딕스 본인도 자신의 재산이 얼마인지 모를 정도다.

그런 그에게 마리아가 돈 자랑을 한다.

하아.

한숨, 아니, 탄식이 그의 입술을 비집고 흘러나온다.

"너랑 같이 쇼핑하고 싶은 마음 없다. 한 번 더 내 방문 두들겼다간 그 손모가지……."

날아간다는 말을 하려고 했지만 딕스는 이를 마무리 짓지 못했다.

주르르.

마리아가 그의 앞에서 닭똥 같은 눈물을 뚝뚝 떨어뜨렸기 때문이다.

지나가던 투숙객들이 두 사람을 보며 쑥덕거렸다.

딕스는 그녀의 소매를 움켜쥐곤 객실로 잡아당겼다.

쾅.

문짝이 부서질 정도로 힘껏 닫은 딕스는 오만상을 찌푸리며 마리아를 노려보았다.

입술을 바들바들 떨며 그녀는 여전히 소리 없이 울고 있었다.

"너, 왜 그러니? 전에 내가 네게 한 소리 때문에 그러냐? 그 때문이라면 내가 사과할게. 그러니까 제발 가라. 가. 응?"

합장한 손에 고개까지 숙여 보이는 딕스다.

"쇼핑해."

쇼핑 못 해서 얼어 죽은 귀신이 붙은 것일까? 이 상황에서 과연 저 말이 지껄여질 수 있단 말인가.

지끈지끈.

딕스는 머리가 아파왔다.

"혼자 하랬지. 그리고 왜 내 뒤를 졸졸 쫓아다녀. 네가 동네 똥개냐!"

"얼마든지 욕해도 돼. 그게… 네 매력이니까."

버어—엉!

이 얼마나 쇼킹한 대꾸이며, 태도인가.

패버릴 수도 없고, 그렇다고 죽여 없앨 수도 없다.

할라치면 못 할 것도 없지만 왠지 그리했다간 죽어서도 찾아올 것만 같았다.

이것이 망상일지는 모르겠지만 지금의 저 마리아 데 란스에를 보면 꼭 그리될 것만 같았다.

하늘은 자신만 미워하니까.

"마리아 영애, 우리 이러지 맙시다. 난 정말 당신이 싫…
아니, 내겐 연인이 있습니다. 난 그 사람에게 충실하고 싶어
요. 그러니 나를 단념하세요. 같은 여자 입장에서 생각해 봐
요. 이건 옳지 않아요."

"상관없어. 너에게 연인이 있더라도, 아니, 부인이 있어도
돼. 난 네가… 좋아."

부르르.

자신도 모르게 딕스는 제 주먹을 불끈 쥔다.

살다 살다 이렇게 말이 안 통하는 사람은 진정 처음이다.

"난 네가 싫어!"

"알아, 네가 날 싫어하는 거. 남자들은 예쁜 여잘 좋아하
지. 너도 그러겠지. 미안해, 못생겨서. 대신 네가 싫어하는 부
분만큼 너에게 잘할게. 행동도, 말투도 네가 원하면 다 고칠
게."

"사람은 그냥 생긴 대로 사는 거야. 고칠 필요 전혀 없어.
그냥 너 살아왔던 대로 살아. 나만 괴롭히지 말고. 알았어!"

마리아는 딕스를 뚫어지게 쳐다본다.

그러더니 갑자기 창가로 가서는… —참고로 그녀의 뒤태
는 이쑤시개에 꽂힌 네모 토마토를 연상시킨다.—

"네가 내게 그랬잖아."

"……?"

"마리아 영애, 내 말을 잘 들어요. 당신은 못생겼습니다. 이미 당신은 당신에 대해 인정하고 있습니다. 하지만 남들이 그리 보는 건 아직 인정하지 못했지요. 그래서 당신의 얼굴은 늘 차갑고 뾰족한 느낌을 줍니다. 그 분위기는 당신을 더더욱 힘들게 하고 고립되게 할 뿐이에요. 마리아 영애, 예전 한 남자애도 당신과 같은, 표현의 방식은 달랐지만 그랬답니다. 하지만 스스로를 돌아보는 계기를 맞은 이후 바뀌었어요. 사실 내가 영애에게 이런 말을 하는 게 우습습니다. 당신과 나의 인연은 여기서 끝이니까요. 이후 혹시라도 당신이 나를 본다면 날 대함에 있어 조심하지 않으면 안 될 겁니다. 내가 이래뵈도… 백도 있고 힘도 있는 남자랍니다. 거기다 당신이 입버릇처럼 해줬듯이 잘생겼고요. 그럼. 이렇게 말하곤 넌 갔지. 나, 처음이었어. 내게 진심으로 충고해 준 사람. 사랑이란 거 할 거면… 너랑 해보고 싶다는 생각이 간절해졌어."

피를 토한다는 심정이 바로 이런 경우를 두고 나온 말 같다고 딕스는 생각했다.

딕스는 두려움을 느꼈다.

그녀는 지금 이삼 년 전에 했던 자신의 말을 토씨 하나 틀리지 않고 그대로 기억하고 있었다.

본인도 가물가물한 것을.

그렇다는 건 지난 이삼 년간 그녀는 줄곧 자신만 생각했다는 결론이 된다.

　'천벽보다 더 무서운 계집일세. 하아.'

　딕스는 자신보다 약한 존재에게 처음으로 공포를 느낀다.

　살이 떨리는 공포를.

　"딕스, 우리 사귀자!"

　"……."

　하늘이… 밉다.

　겨우 정신을 수습한 딕스는 악을 쓰듯 마리아에게 소리 질렀다.

　"제국이 쫄딱 망하면 그땐 너랑 사귀마! 그러니 그 전까지는 꿈도 꾸지 마!"

　쾅.

　제 방을 뒤로한 채 방문을 닫고 달아나는 딕스.

　주인 없는 방에 혼자 남은 마리아는 고목나무의 매미 같은 제 가슴에 두 손을 포개곤 나직하게…

　'제국이 망하도록 기도할게. 사랑은 기다려 주는 거니까.'

제4장

토사이에 떨어진 재앙

마리아 데 란스에는 장문의 편지를 딕스의 방 침대 머리맡에 두고 떠났다.

딕스는 그 편지를 읽지도 않고 곧장 벽난로에 던져 버렸다.

화르륵.

재가 되어 사라진 편지.

딕스는 곧 마리아를 기억에서 지워 버렸다.

자신이 그녀를 떠올리는 순간 노크 소리가 들릴 것 같아서였다.

똑똑.

세상에서 제일 소름끼치는 소리다.

'여기서 시간을 허비할 수는 없어. 아무래도 내가 먼저 기습해야겠어.'

숲의 오거조차 단숨에 재워 버릴 양의 수면제를 구한 딕스는 선제공격을 감행하기로 결정했다.

그는 놈들이 묵는 여관을 빵집에서 지켜보며 오늘도 빵을 먹는다. 요구르트와 함께.

탁.

"이건 서비스예요, 손님."

빵집 아가씨가 화사하게 웃어준다.

그녀의 친절에 딕스는 부드러운 미소로 화답한 뒤 서비스로 나온 쿠키를 한입 베어 문다.

"아, 맛있네요."

"그래요? 감사해요. 그럼 즐거운 시간 되세요."

종업원을 향해 미소 짓던 딕스의 얼굴은 여관으로 향하면서 싸늘하게 바뀌었다.

그림자 마법사 셋!

결코 만만치 않은 전력이다.

준비를 갖추었지만 놈들에게 수면제가 통할지는 미지수다.

이는 룩센에게 통하지 않던 방법이었기에 그는 확신하지 못했다.

만일 저놈들도 룩센과 동일한 면역력을 갖췄다면 이는 긁어 부스럼을 만드는 일이 될 것이다.

'오늘은 긴 밤이 되겠군.'

오물오물.

*   *   *

물의 이그로의 실종이 장기화될 조짐을 보이자 아우셔와 그 일당은 숙의 끝에 노도를 먼저 처리하기로 했다.

사람 찾는 일은 자신들 셋보다 조직에서 나온 사람들이 더 전문가라는 점도 작용했다.

"그럼 내일 출발하도록 하지. 모두 푹 쉬어."

일행의 연장자 불의 이란트가 말하자 아우셔와 아쉬는 기지개를 켜며 각자의 방으로 돌아갔다.

지금 저 차가운 바람을 맞으며 누군가 자신들을 지켜보고 있음을 이들은 알지 못했다.

그렇게 모두가 제 침대로 가서 누웠다.

그리고 그들은 자연적인 현상에 따라 잠이 들었다.

이들의 상태를 물의 척후를 통해 꼼꼼하게 확인한 딕스는 저들의 잠자리가 더욱 편안해질 수 있도록 수면 안개를 풀어 건물 전체를 감쌌다.

30분을 더 밖에서 기다린 뒤 딕스는 언 몸을 이끌고 여관으로 진입했다.

놈들이 혹시라도 자신의 마나를 느끼고 반응할까 봐 맨몸으로 추위를 견뎠다.

고역이었다.

'날씨가 언제 풀리려나. 으으.'

실내에 들어오니 그나마 살 것 같았다.

잠시 몸을 녹인 그는 놈들이 묵고 있는 5층 객실로 가기 위해 계단을 밟았다.

한 걸음씩 옮길 때마다 그의 얼굴에 긴장감이 커진다.

그렇게 막 4층에 도착했을 무렵이다.

흠칫!

'아우셔!'

아우셔의 객실에서 움직임이 발생했다.

물의 척후가 긴급으로 전해온 보고에 딕스는 눈살을 크게 찌푸린다.

이는 그가 가장 우려했던 최악의 시나리오였기에.

딕스를 일순간 긴장으로 몰아세운 아우셔.

그녀 역시 이 순간 깊은 의문을 띠고 있었다.

"이상한데?"

여자의 육감이 아우셔를 움직이게 한다.

아우셔는 바람을 일으켜 두 일행이 묵고 있는 객실로 날려 보냈다.

두 줄기 바람은 각자 맡은 이들을 자극했다.

이란트와 아쉬가 눈을 뜬다.

딕스가 심혈을 기울여 배합한 수면 약이 저들, 아니, 그림자 마법사에게는 무용지물임이 판명된 것이다.

이들의 움직임은 즉시 물의 척후를 통해 딕스에게 전달됐고, 그 순간 딕스는 놈들과 정면 승부를 펼칠 것인지 아니면 후일을 기약할 것인지를 짧은 순간 심도 깊게 생각했다.

'일단 부딪쳐 보자.'

결정을 내린 딕스는 독의 결정을 바닥에 떨어뜨렸다.

그리고 안개를 크게 생성해 독을 여기에 흡수시켰다.

수면 안개에 이어 강력한 산성 안개가 여관을 휘감았다.

쾅! 쾅! 쾅!

아우셔, 아쉬, 이란트가 여관의 창문을 뚫고 밖으로 몸을 던졌다.

그럴 수밖에 없었다.

주변이 달궈진 프라이팬에 오른 버터처럼 순식간에 녹아 버리는데 어찌 그 속에 있을 수 있겠는가.

이들이 묵고 있던 객실은 5층에 최소 12미터.

날개가 없는 이상 중상 내지 추락사다.

하지만 이 중 그 누구도 다친 사람은 없었다.

땅의 아쉬는 자신의 몸뚱이를 단단하게 만들어 지면에 틀어박혔고, 불의 이란트는 불꽃이 되어 이 위기를 피했으며, 아우셔는 한줄기 바람이 되어 대피에 성공했다.

세 사람이 동시에 빠져나온 6층 건물은 그새 녹아 주저앉았다.

꽤나 많은 사람들이 자다가 사라졌다.

"대, 대체 이게 뭐야?"

땅의 아쉬가 놀라 말을 더듬거린다.

허공에 떠 있는 아우서와 이란트 역시 놀라긴 매한가지다.

그때 이들을 향해 단단한 목소리가 날아든다.

"역시 너흰 피곤한 놈들이야. 그냥 얌전히 죽어주면 좋았잖아."

건물 한 동을 통째로 먹어치운 자욱하고 매캐한 연기 속.

목소리의 주인공을 식별하기 어렵다.

보이는 거라곤 흐릿한 실루엣이 전부.

모두의 이목을 잡아당긴 딕스는 물의 검으로 아쉬의 배후를 들이쳤다.

딕스의 등장에 신경이 분산되었고, 제 몸의 단단함을 믿었기에 아쉬는 여기에 당하고 말았다.

콰드드득!

아쉬의 몸뚱이에서 돌을 빻는 분쇄기에서나 들릴 법한 요란한 꿍음이 터졌다.

"커헉!"

제 몸이 부서지는 것을 보며 아쉬는 비명을 내질렀다.

아우서와 이란트가 아쉬에게 고개를 돌렸다.

그 순간을 기다렸다는 듯 물의 검이 두 사람을 향해 날아들었다.

아우셔를 단숨에 꿰뚫을 것 같았던 물의 검은 그녀의 몸을 감싼 투명한 막에 가로막혔다.

이란트를 노린 물의 검은 달궈진 쇳덩이가 물에 닿았을 때와 같은 소리를 내며 공격 실패를 알린다.

"이얍!"

딕스의 실루엣을 향해 아우셔가 분노가 담긴 공격을 날렸다.

바위도 단숨에 베어버릴 바람의 원반 수십 개가 폭우처럼 그를 향해 쏟아진다.

이란트도 가만있지 않았다.

십여 발의 불덩이가 이란트의 손에서 발출됐다.

폭음과 절삭 음이 자욱한 연기 속에서 쉬지 않고 터졌다.

공격을 날린 자들이 원하던 소멸과 고통에 찬 비명은 그곳에서 터지지 않았다.

남녀가 원했던 비명은 오히려 제 동료의 입에서 터졌다.

물의 검에 몸의 상반신이 부서진 아쉬는 죽지 않았다.

이런 공격에 죽을 그림자 마법사가 아니다.

전날 딕스는 천벽의 그림자 마법사 스키어를 상대했던 경험이 있었다.

그 경험을 통해서 그는 그림자 마법사를 완벽하게 죽이기 위해서는 일반적인 공격으론 어림도 없다는 것을 체험했다.

그랬기에 아쉬의 몸을 물기둥에 가둬 분쇄한 뒤 이를 얼리고 터뜨렸다.

아우셔와 이란트가 엉뚱한 곳을 공격하는 그 틈에 이루어진 딕스의 전격적인 공격이었다.

이 공격은 아쉬를 확실히 죽음의 세계로 날려 버렸다.

"크아아아아아아—!"

분말이 되어버린 제 몸을 복원시킬 마나가 아쉬에게 있다면 또 모를까.

"아쉬!"

"이런!"

아우셔와 이란트가 동시에 당황한다.

좀 전 아쉬의 몸이 부서졌을 때만 해도 남녀는 그리 놀라지 않았다.

깨진 몸은 복원하면 그만이기 때문이다.

하나 지금은 그 복원 능력도 미치지 못할 만큼 완전한 파괴가 이루어졌다.

저런 경우라면 아쉬보다 상위의 능력자인 아우셔와 이란트 역시 소멸당할 수밖에 없었다.

유경험자!

아우셔와 이란트는 지금 상대하는 자가 자신들을 정확하게 파악하고 있음을 깨달았다.

"이노오오오옴!"

불의 이란트의 입에서 분노의 장소성이 불길과 함께 터졌고, 아우셔는 큰 바람을 일으켜 시야를 가리던 연기를 모조리 날려 버렸다.

이 연기는 흡입할 시 인체에 치명적인 독소를 함유하고 있었다.

도시 토사이는 지독한 죽음의 냄새를 들이켠다.

콰콰콰콰콰―쾅! 화르륵.

귀를 먹먹하게 하는 폭음과 불길이 도시를 질주한다.

건물들이 일제히 터지고, 무너지고, 깨지고 타들어간다.

대로는 공포에 질린 사람들로 입추의 여지도 없다.

추위와 어둠이 가득한 거리로 사람들은 얇은 잠옷 바람으로 끊임없이 쏟아져 나온다.

뚝뚝 떨어지는 체온과 함께 망연자실함에 모두가 부들거린다.

꿈이라면 이보다 더 지독한 악몽도 없으리라.

그것도 살아 있을 때나 느끼고 생각하는 것들이다.

바람과 불과 물이 일으키는 폭발 작용이 온 도시를 거듭 쩌렁쩌렁 울리면서 이들은 도시를 빠져나가기 위해 발바닥이 쩍쩍 달라붙는 차가운 지면에 제 피부를 떼어주며 정신없이 뛴다.

너절한 거적때기가 바람에 날리듯 그렇게 연약한 자들의 일상이 무참하게 짓밟힌다.

이곳은 지옥으로 변해가는 도시.

슈아아아앙. 쿠아아앙!

매서운 파공음과 함께 어떤 물체가 사람들 위 상공을 날아 그들의 뒤편 건물에 쑤셔 박혔다.

사람들은 이것을 '투석이 아닐까?' 라고 생각하며 화들짝 놀란 얼굴로 돌먼지를 풀풀 날리는 건물을 응시했다.

그것은 투석기에서 날린 돌이 아니었다.

묵직한 충격을 퍼뜨린 물체는 놀랍게도 사람이었다.

그 사람의 몸은 은은한 푸른빛으로 감싸여 있었다.

보호막이란 문구가 사람들의 뇌리에 떠오르는 그 순간, 하늘에서 거대한 불길과 회오리바람이 나타났다.

모두가 깜짝 놀란다.

세상이 어찌 되려고 불길과 회오리바람이 하늘에서 떨어진단 말인가.

"꺄아아아아—악!"

"헉!"

"마, 맙소사! 대체… 이 무슨!"

"이, 이건 꿈이야. 꿈일 거야. 자고 일어나면……."

불길과 회오리바람은 이란트와 아우서였다.

사람들이 앞서 보았던, 날아가던 물체는 딕스였다.

지금 딕스는 자신의 최대치까지 맷집을 끌어올리고 있었다.

불과 바람은 딕스의 물의 힘이 상대하기에는 불리한 구석이 많았다.

상대가 한 명이라면 그는 자신의 맷집을 자랑하지 않았을 것이다.

전황이 여의치 않다.

'각오는 했지만. 칫!'

물의 검으로 한 명을 공격하면 다른 하나가 딕스의 배후를 들이쳤다.

이러다 보니 전력을 다한 공격이 사실상 불가능했다.

딕스는 많이 맞았고, 수없이 던져졌다.

바람에 맞고, 불길에 휩싸였다.

평범한 자라면 벌써 그 육신이 찢겨 나가고 재가 되었을 것이다.

딕스는 그 모든 공격을 받고도 버티고 있었다.

이는 그의 마나가 두 사람의 마나보다 압도적인 우위에 있었기 때문이다.

"으으. 제길, 시리우스를 불러서 함께 싸워야 하나."

딕스는 물의 골렘을 소환하지 않았다.

녀석을 소환했다면 딕스는 자신의 맷집의 한계를 경험하는 시간을 보내지 않았을 것이다.

적어도 2대2라는 공평한 싸움이 되니까.

그러나 이 불리한 상황에서도 딕스는 시리우스를 소환하지 않았다.

그 자신의 골렘은 너무 특별했고 또 눈에 잘 띈다.

마인 노도로서 이 싸움을 끝낼 생각이다 보니 그는 시리우스의 소환을 최대한 자제하고 있었다.

하나 그것도 슬슬 한계에 도달했다.

매에는 장사가 없는 법이다.

내부적으로 충격이 쌓인 딕스의 안색은 그래서 핏기를 잃어간다.

"놈! 네놈을 갈기갈기 찢어주겠다!"

분노로 채워진 아우셔의 음성이 회오리바람 안에서 천둥처럼 터진다.

화르르.

그 옆, 불길이 된 이란트가 그녀의 말에 동조라도 하듯 제 몸집을 키웠다.

거리로 쏟아진 무수한 사람들은 그 순간 벽난로에 바짝 다가선 듯한 화기를 느꼈다.

그러다 곧 일제히 비명을 터뜨렸다.

불줄기에서 불똥이 자신들의 머리 위로 우수수 떨어졌기 때문이다.

"에구머니나!"

"앗! 뜨거!"

"꺄아아악."

우르르.

추위에 떨던 육신은 온기를 원했다.

그러나 그것도 정도껏이다.

제 몸을 활활 태워 버릴 것 같은, 아니, 익혀 버릴 것 같은 고온을 반길 사람들은 그 어디에도 없다.

혼비백산한 사람들이 합창하듯 비명을 내지르며 방황하는 양 떼처럼 내달린다.

치이고, 밟히고, 밀리고, 엎어진다.

"악!"

"내, 내 다리… 내 다리! 으아아아!"

울고, 소리치고, 원망하고, 기도한다.

단 세 사람의 전투가 만들어낸 끔찍한 상황이었다.

저 약자들에게 이제 내일이란 존재하지 않는 시간일 것이다.

저들이 할 수 있는 고작 당장의 안전을 찾아 미친 듯이 달리는 것뿐이다.

이마저도 쉽지 않았다.

도시의 치안대가 출동했다.

이들이 할 수 있는 일은 이곳에선 아무것도 없었다.

겁에 질린 시민들의 퇴로를 안내하고 질서를 유지하는 게 치안대가 할 수 있는 일이었다.

"왜 이런 일이 우리 도시에서 벌어지는 거야!"

도시의 치안감이 이를 바득바득 갈며 원망의 눈초리가 된다.

익스퍼트 기사들과 도시에 소속된 마법사들.

마법사들은 이미 자신들의 골렘을 소환한 상태였다.

그 골렘들이 있어 그나마 시민들의 피해가 줄어들었다.

"헉! 불길이 이쪽으로 온다!"

한 병사가 다급한 목소리로 외쳤다.

그 소리를 듣자마자 불의 마법사가 자신의 골렘을 그쪽으로 보냈다.

이란트의 불길이 창이 되었고, 마법사의 불의 골렘이 방패가 되었다.

불길의 창은 골렘에 막혀 작은 불꽃이 되어 펑 터져 나갔다.

골렘이 서너 발자국 물러서며 주위에 있던 병사 둘을 그만 밟고 말았다.

섬뜩한 파골 음과 함께 터지는 날카로운 비명.

"으아아악!"

"끄아악!"

눈앞에서 펼쳐진 끔찍한 참상에 모두가 두 눈을 질끈 감았다.

온몸을 주체할 수 없을 만큼 부들부들 떨었다.

골렘의 주인인 마법사 역시 놀라긴 마찬가지였다.

누구도 이 마법사를 욕할 수 없었다.

그의 골렘이 살린 사람이 어디 한둘인가.

"마법사님, 후방을 부탁합니다. 다른 분들도 노력해 주십시오."

도시의 마법사는 셋이었다.

이 숫자는 뮬 공국이 보유한 마법사의 전력과 동일하다.

일개 도시에 세 명의 마법사라.

제국의 저력이 새삼 놀랍지 않을 수 없다.

땅과 불과 바람의 골렘이 시민들의 안전을 위해서 후방을 맡는다.

기사들은 철벽이 되어 마법사들을 지킨다.

"그쪽으로 가면 안 돼요! 이쪽으로 오세요!"

어느 병사가 끔찍한 전장으로 달려가는 한 남자를 향해 소리 질렀다.

남자는 돌아올 생각을 하지 않았다.

미친 걸까? 그건 아니었다.

경황이 없이 무작정 밖으로 뛰쳐나왔다가 그만 인파에 휩쓸린 이 남자는 간신히 그곳에서 빠져나왔다.

이 남자의 머릿속엔 가족의 안위가 전부다.

칼날 같은 위험한 바람도, 쇠를 녹일 듯 뜨거운 불길도 이 남자는 아랑곳하지 않았다.

두 개의 물의 검이 이 남자의 머리 위를 스쳐 지나갔다.

건물 더미에서 빠져나온 딕스가 날린 검이었다.

아우셔는 바람의 막으로 물의 검을 튕겨냈고, 이란트는 제 몸으로 물의 검을 받아 증발시켰다.

치이이익!

자욱한 수증기가 주변을 또 혼탁하게 만든다.

가족의 안위를 확인하려던 남자는 이번 격돌로 겨우 무사할 수 있었다.

딕스는 이를 악물었다.

'지독한 소모전이군.'

공격을 해소하는 데 소비되는 마나 양이 막대하다.

물론 공격을 해대는 아우셔와 이란트 역시 점점 버거워하고 있었다.

마나의 양을 따지면 그림자 마법사는 정상적인 마법사의 아래다.

하물며 딕스 같은 마나 재벌을 상대하자니 두 사람은 말을 안 해서 그렇지 지금 죽을 맛이었다.

"망할 새끼! 마나를 바다에서 퍼다 쓰나."

이란트가 굉장히 적절한 표현을 한다.

"이란트, 안 되겠어요. 더 이상 공격도 방어도 무리예요. 일단 이곳을 빠져나가요."

"알았다."

때린 놈이 질려 달아나는 아이러니한 상황이 발생했다.

그렇게 두 사람은 재앙에 몸서리치는 도시를 뒤로하고 달아난다.

딕스는 이를 바득바득 갈며 놈들의 뒤를 쫓으면서 물의 검을 수시로 날려 보냈다.

역시 전쟁도 경제력(?)이 있어야 하는 법인가 보다.

"어딜 달아나느냐! 이제부터 시작이다!"

잔뜩 성난 딕스의 벼락성이 남녀를 억척같이 물고 늘어진다.

하지만 여기에 멈출 두 사람이 아니었다.

둘은 그길로 곧장 도시 밖으로 몸을 뺐다.

하늘을 날아가는 그들을 어찌 두 발로 달리는 딕스가 쫓을 수 있으랴.

'난 왜 날지 못하는 거야!'

*　　　*　　　*

그림자 마법사는 수면을 통해서만 힘의 원동력인 마나를 보충할 수 있다.

그 외의 방법은 이들에게 존재하지 않는다.

이는 이들에게 치명적인 약점이 되기도 한다.

"그놈은… 뭐지? 어떻게 나날이 팔팔해질 수 있는 거지."

불의 이란트는 노구를 부들부들 떨며 진저리 친다. 소모한 마나를 빨리 보충하지 못한다면 몸이 붕괴될 처지에 놓였기에.

문제는 잠을 자야 마나를 보충할 수 있는데 상황이 여의치가 않았다.

마인 노도가 쉴 틈도 주지 않고 끈덕지게 쫓아오고 있었기 때문이다.

거북이 같은 새끼!

딕스를 피해 남녀는 도시와 산과 숲을 은폐물로 삼아보았으나, 어찌 된 게 매번 놈에게 포착되어 쫓기는 신세로 전락했다.

물의 척후. 그 위력을 이들이 어찌 알겠는가.

상황은 바람의 아우서 역시 좋지 않았다.

"내 그런 독종은 살다 살다 처음 봐요. 이란트, 이러다간 우리가 당하고 말겠어요."

딕스의 추격에서 그나마 벗어날 확률이 높은 쪽은 아우서다.

이란트는 자신과 상극인 물의 힘과 여러 차례 정면충돌하면서 아우서보다 마나의 소모와 내상이 극심한 상태였다.

한숨을 길게 내쉬던 이란트는 침울해진 눈으로 아우서를 보았다.

"아우셔."

"예."

"나는 이미 붕괴 현상이 일어나고 있다."

이란트는 담담해지려고 애써 노력했다.

그러나 그의 떨리는 음성과 표정과 눈빛은 그 노력을 무색하게 만들었다.

아우셔의 얼굴에 분노와 안타까움이 깃든다.

붕괴 현상은 그림자 마법사에게 있어 일종의 도미노다.

쓰러지기 시작한 도미노는 모두 쓰러질 때까지 멈추지 않는다.

이 현상이 일단 발동하면 회생은 불가능하다.

"이란트……"

"됐다. 네가 아니었다면 난 벌써 놈에게 잡혔을 것이다. 더이상 네게 짐이 되는 건 옳지 않은 것 같다. 아우셔, 가라. 너라면 그놈의 손에서 벗어날 수 있을 것이다."

아우셔의 눈가에 슬픈 그늘이 낀다.

죽음은 누구에게나 찾아온다.

피할 수 없다.

그리고 이것은 매번 깊은 슬픔과 상실과 허탈감을 주변에퍼뜨린다.

입술을 질끈 깨문 아우셔.

"미, 미안해요, 이란트. 반드시 놈에게 복수하겠어요. 그놈을 갈가리 찢어 죽이고 말겠어요."

아우셔는 몸을 일으켰다.

바람이 아우셔의 몸을 감싸며 그녀의 몸을 허공 높이 띄운다.

아우셔의 모습이 시야에서 완전히 사라지자 다 쓰러져 가는 고성처럼 이란트의 몸뚱이는 힘없이 꺼져 든다.

'피곤하군.'

"버림받은 것인가, 늙은이?"

토사이 시부터 남녀를 추격해 온 딕스는 나흘 만에 반쪽의 성과를 거둘 수 있었다.

불의 이란트. 그의 얼굴에 짙은 죽음의 그림자가 깔려 있었다.

삶을 포기한 이란트의 얼굴엔 다급함도 분함도 두려움도 없었다.

놀랍게도 평온했다.

"너 같은 자가 세상에 존재할 것이라고는 상상조차 못 했다. 역시 세상은 넓군. 넓어. 허허허."

"죽어가는 늙은이를 고문할 만큼 난 나쁜 사람이 아니다."

"후훗, 고맙군. 노도의 경로 우대라니."

"그렇게 고마워할 필요는 없어."

딕스는 이란트의 맞은편에 앉아 그를 물끄러미 응시했다.

힘들기는 딕스 역시 마찬가지다.

하늘을 날아 달아나는 둘을 뛰어서 쫓는 게 어찌 쉽겠는가.

그나마 물의 척후가 놈들을 내내 감시했기에 지금까지 놓치지 않을 수 있었다.

"내게 묻고 싶은 게 있나 보군."

"몹시 궁금한 게 있어서."

"흠, 마인치곤… 차분하고 이성적이로군. 정말 마인인가?"

확실히 딕스의 태도는 여느 마인과 다르다.

이란트의 얼굴에선 이를 의아하게 여기는 기색이 역력하다.

딕스는 이를 놓치지 않았다.

'이 늙은이는 내 정체를 모르는 눈친데. 그렇다면…….'

딕스의 머릿속에 불이 들어온다.

아우서를 잡아야 한다.

그녀만이 하기에를 부린 자의 정체를 알고 있다.

그의 마음이 다시금 급해진다.

하지만 이런 그를 순순히 놓아주고 싶지 않은 이란트다.

화르르.

이란트의 육신은 불길이 되었다.

몸의 붕괴를 막던 마지막 한 방울의 마나까지 그는 쥐어짜고 있었다.

천에 하나, 만에 하나 그가 딕스를 처치하더라도 이란트의 죽음은 바뀌지 않는다.

물론 그럴 일은 하늘이 두 쪽 나도 없겠지만.

"마지막을 자네와 놀아보고 싶군, 노도."

집채만 한 불길이 눈앞에 떡 버티고 서서 달려들 기세다.

심장이 목구멍 밖으로 튀어나올 만큼 놀랍고 두려운 일이
아닐 수 없다.

하지만 그 정면에 서 있는 딕스에게선 그 어떤 감정의 동요
도 보이지 않았다.

"추억이나 곱씹고 죽을 것이지. 쯧."

딕스의 전신에서 물의 힘이 일어나 이란트를 덮쳐 버린다.

소낙비 앞의 촛불.

이란트의 신세가 딱 그러했다.

치이이익!

불과 물이 만나 뜨거운 수증기를 뿌린다.

주변은 자욱한 안개로 뒤덮였다.

그 안개 속에서 이란트의 창노한 비명이 퍼져 나온다.

"끄아아아아아—악!"

*　　　*　　　*

바람의 아우셔, 물의 이그로, 땅의 아쉬, 불의 이란트.

마인 노도를 처리하기 위해 천벽이 파견한 그림자 마법사

들이다.

천벽은 이들이라면 충분히 마인을 잡아들이거나 제거할 수 있을 것이라 믿었다.

아니, 확신했다.

하지만 웬걸, 상황은 놀랍게도 완패!

마인 노도에 대한 천벽의 재인식이 불가피해졌다.

"컥!"

"크윽!"

딕스의 저택.

검은 복면인들이 저택에 내습했다.

침입자는 고도로 훈련된 암살자 일곱이었다.

하지만 이들은 단 한 명도 저택 안까지 침입할 수가 없었다.

"족장님, 침입자 일곱 전원 사망했습니다."

등짐을 지고 서 있는 남자를 향해 바로가 공손한 자세로 보고한다.

바로에게 공경 받을 자는 세상에 단 한 명뿐이다.

전격의 파울.

야니시아에 있어야 할 그가 지금 딕스의 저택에 와 있었다.

이는 딕스가 지급으로 파울에게 도움을 요청했기 때문이다.

하기에를 움직인 제삼의 인물이 자신의 지인들을 해코지

할 것을 우려한 딕스의 발 빠른 조치였다.

지금 그 조치가 딕스의 연인들을 위기에서 지켜냈다.

"놈들의 정체는?"

"두 놈을 잡았지만 곧장 자결하고 말았습니다. 제가 부주의했습니다. 벌을 내려주십시오."

"지난 일이다. 바로 천장."

"예, 족장님."

"아이들의 신변 보호에 만전을 기하도록 해라."

"명을 받듭니다!"

무거운 표정으로 바로가 나간다.

파울은 창가로 걸어가서 흐릿한 초승달을 묵묵한 눈으로 본다.

전보 하나 달랑 날리고 소식도 없는 무정한 제자.

그 제자를 위해 불원천리 달려온 파울이다.

때를 맞추어 도착했기에 망정이지 조금만 늦었어도 불행한 일이 제자의 주변에 발생할 뻔했다.

만일 그 불행한 일이 현실이 되었다면…

"녀석보단 녀석의 적을 더 걱정해야 하는 건가?"

어찌 잊겠는가.

아브람 일가의 그 끔찍한 멸문을.

남녀노소 수백이 하룻밤 새 물고기 밥이 되었다.

그러고도 다음 날 멀쩡한 표정과 정신으로 생활하던 딕스.

자신의 제자는 이것 하나로 다 표현할 수 있는 그런 놈이다.

*   *   *

딕스는 끝내 아우서를 놓치고 말았다.

그는 번개처럼 빠른 발과 지구력을 가졌지만 이것만으로는 훨훨 날아다니는 아우서를 도저히 따라잡을 수가 없었다.

육상동물의 한계랄까? 닭 쫓던 개 먼 산 바라보는 심정이 된 딕스는 곱게 물든 황혼 녘을… 허탈한 표정으로 응시하고 있었다.

'대체 어떤 놈일까?'

천벽도 천벽이지만 자신의 정체를 아는 자의 입막음도 그 못지않게 중요한 딕스다.

한데 그 중요한 단서를 놓치고 말았다.

"룩센, 이 녀석… 진짜 문제라도 생긴 건가?"

룩센이 당했을지도 모른다는 생각이 최근 부쩍 드는 딕스다.

날고뛰는 재주를 가진 룩센을 놈들은 대체 어찌 잡았을까? 그들의 그 노하우가 한편으론 궁금하기도 했다.

꼬르륵.

그의 머릿속은 여러 생각들로 꽉꽉 들어차 있었다.

한데 이 머리통과 하나의 몸을 공유하는 위장이란 놈은 분위기 파악도 못 하고 이처럼 경박하게 지껄인다.

채워줘. 채워줘!

하아.

딕스의 입에서 하얀 입김과 함께 한숨이 흘러나온다.

공든 탑이 막판에 와르르 무너진, 설명할 길 없는 이 저질스러운(?) 기분이란.

그럼에도 먹고살기 위해 식당을 찾아가는 발길.

원조 양고기 집이라 적힌 입간판 하나가 막바지 겨울바람에 그 몸을 흔들며 손님들을 유혹한다.

허름한 건물, 오래된 간판, 그리고 군침을 유도하는 유혹의 진한 냄새.

로브를 벗어 던진 딕스는 더 이상 마인 노도가 아니었다.

이곳에 선 그는 흔한 이름을 가진 18세 청년일 뿐이다.

삐걱.

"어서 오세요! 아무 데나 앉아요."

"……?"

퉁명한 종업원과 그 주인의 태도에 딕스는 어리둥절한 표정으로 출입구 앞에 서 있었다.

각국의 식당을 안 가본 곳이 없는 그였다.

하지만 이처럼 손님에게 퉁명한 곳은 처음이었다.

잠시 이를 해석하느라 서 있다 보니 그는 안으로 들어오려는 사람들의 걸림돌이 되고 말았다.

"들어가려면 들어가고 나가려면 나가든가. 왜 입구를 막고
그래? 날도 추운데."

추위가 그 목소리에서도 물씬 느껴지는 걸걸한 음성이다.

한데 이 음성, 대단히 많이 들어본…

'행크?'

설마하니 이곳이 어디라고 행크를 만나겠는가.

우연이 두 번이면 필연이란 말이 있다.

고개를 돌린 딕스의 얼굴은 그래서 황당함이 차오른다.

프레드릭 성까지 동행했던 일행이 모두 행크의 뒤에 서 있
었다.

놀라긴 이들도 마찬가지다.

"어, 딕스! 네가 여긴 웬일이냐?"

"어머, 딕스 씨."

"딕스 씨, 인연이군요. 인연."

"바, 반가워요, 딕스 씨."

그리고 여기서 딕스를 화들짝 놀라게 할 인연도 보게 된다.

이 식당은 딕스에게 만남의 장소가 되어버렸다.

식당 안, 마리아 데 란스에가 그 수행원들과 함께 앉아 있
는 것이 아닌가.

무슨 정모도 아니고.

출입구의 소란에 무심코 이쪽으로 고개를 돌린 마리아의

얼굴에 기쁨이 차올랐다.

움찔.

"딕스!"

마리아. 그녀는 제국의 수도로 가는 길이었다.

행크 일행 역시, 딕스 역시 목적지를 제국의 심장으로 내심 정하고 있었다.

달아난 아우셔가 갈 곳이라곤 제 둥지밖에 없을 것 같아서였다.

호랑이를 잡으려면 호랑이 굴로 가라!

이 말을 실천하기 위해서 그렇게 작심했더니…

모두가 한자리에 모여 앉았다.

원치 않았지만.

"뭐? 수도로 간다고! 잘됐네. 같이 가면 되겠다."

행크가 호방하게 웃으며 딕스의 어깨를 툭툭 친다.

행크의 이러한 행동에 맞은편에 앉아 있던 마리아 데 란스에가 불쾌한 표정을 노골적으로 드러냈다.

"그 흉기, 당장 내려놓으세요. 당신이 함부로 칠 사람이 아니에요."

서슬 퍼런 마리아의 태도에 행크는 어색하게 웃으며 급히 손을 내린다.

미래를 약속한 사이.

마리아는 딕스와 자신의 관계를 이리 생각했다.

제국이 쫄딱 망하면 그땐 너랑 사귀마! 그러니 그 전까지는 꿈
도 꾸지 마!

귀찮은 녀석을 쫓기 위해 던졌던 딕스의 말은 부메랑이 되
어서 그에게로 다시 돌아왔다.

그것도 둘이 먹다 셋이 죽어도 모를 원조 양고기 집에서.

이래서 사람은 늘 입조심을 해야 하는 법이다.

와락.

구겨지는 것은 딕스의 표정만이 아니다. 그의 내심도 지금
의 이 표정과 같다.

"하하, 죄송합니다, 제수씨."

넉살 좋은 행크가 제 머리를 긁적이며 마리아의 기분을 풀
어주려 애썼다.

제수씨.

올가와 레나는 마리아와 딕스를 훔쳐보며 생각했다.

박애주의자!

마리아 데 란스에. 그녀는 아무리 뜯어봐도 지상 최강의 못
난이다.

다른 그 어떤 묘사나 표현도 그녀의 얼굴 앞에서는 담백하
게 결정지어지고 만다.

그런데 그런 여자가 멀쩡하게 생긴 남자의 정혼자라니.

이는 두 여자에게 있어 적잖은 충격을 안겨주고 있었다.

행크의 호칭이 마음에 든 마리아는 그제야 제 얼굴에 깔아 놓은 살얼음을 거두며 배시시 웃었다.

그녀의 그 웃음만큼이나 그녀의 지갑도 활짝 열린다.

"식사는 제가 대접할게요. 마음껏 드세요."

이 상황에 불만이 큰 딕스는 마리아와 자신의 관계를 설명하려고 했다.

하지만 왜 그래야 할까? 하는 의문이 들었다.

그래서 입을 닫아버렸더니 어이없게도 이런 황당한 결과가 나왔다.

딕스는 행크를 노려보았다.

행크는 그의 시선을 싹 무시한 채 마리아의 혀처럼 굴었다.

공짜 밥 때문일까? 그건 아닐 것이다.

딕스의 눈부신 외모와 마성의 분위기에 자신이 좋아하던 올가가 홀딱 빠지자 행크는 속이 무척이나 많이 상했다.

그러던 차에 딕스의 못난이 정혼자를 보자 막혔던 속이 뻥 뚫리는 듯한 상쾌한 기분이 들었다.

테이블의 분위기를 몰아가는 주된 이유가 바로 여기에 있었다.

인기 많은 미남에 대한 평범한 남자의 질투쯤이 아닐까 싶다.

"하하, 사양하지 않겠습니다, 제수씨. 우하하하하하."

행크는 무척이나 행복한 듯 그 입가에서 웃음을 잠시도 지우지 않았다.

세상은 공평하다.

저 인기 많은 놈이 저런 여자의 정혼자였다니.

일어나 기립 박수라도 치고 싶은 행크다.

그 자신이 상황을 이렇게 만들어가고, 그 상황 속에 스스로 빠져 버린다.

'대박이야. 대박! 딕스, 저 녀석이 말똥 수거반이었다니! 크크크.'

내심으로도 웃음을 멈추지 않는 행크다.

마리아란 존재가 딕스의 신경을 긁고, 행크가 그 상처에 소금을 뿌린다.

딕스에게 상황은 딱 이러했다.

그 순간 딕스는 '행크와 마리아를 동침시켜서 둘을 엮어버릴까?' 라는 악독한(?) 생각을 했다.

하고자 하면 못 할 것도 없다.

둘 다 깊이 재워 옷을 홀랑 벗긴 뒤 한 침대에 넣어버리고 적당한 시간에 사람들을 데리고 방문짝을 부수고 들어가면 상황 종료니까.

이 생각만으로도 딕스는 꺼져 들던 기분이 한결 나아졌다.

행크가 딕스의 이런 속내를 알았다면 그는 결코 즐겁지 않왔으리라.

"이거 먹어봐. 고기가 야들야들하고 맛있어."

제 손에 음식물이 묻는 걸 극도로 싫어하던 이가 마리아다.

그럼에도 그녀는 제 손으로 고기를 먹기 좋게 찢어 딕스의 접시에 수줍은 얼굴로 옮겨준다.

딕스는 그녀의 배려와 사랑이 전혀 반갑지 않았다.

부담되는 식사 자리는 체증을 유발하는 법.

"나도 손은 있다."

퉁명하고 냉랭한 그의 태도에 행크의 장난이 수그러들었다.

그리고 저들의 관계가 자신들이 생각하는 것과 전혀 다를 수도 있겠구나! 하는 생각을 하기에 이르렀다.

그러자 올가와 레나의 표정에도 활기가 돌기 시작했다.

사람들의 바뀐 시선에도 마리아는 아랑곳하지 않았다.

그녀에게 보이는 세상은 정면의 딕스, 단 한 명뿐이기에.

열병 같은 짝사랑을 누가 있어 잠재우랴.

"미안해. 내가 주책을 부렸어. 새, 새로 시킬게."

안하무인 마리아.

그녀는 딕스 앞에서 한없이 작고 나약한 존재가 되어버렸다.

일행은 일순간 마리아의 이런 모습에 깊은 동정심을 느꼈다.

딕스에게서 느껴지는 건 여전히 냉랭함뿐이다.

"됐다."

속에서 천불이 올라왔지만 딕스는 그냥 입 꾹 닫고 고기를 먹는다.

딕스의 냉대에도 불구하고 그를 위해 애쓰는 마리아. 이를 안타깝게 여긴 행크가 그녀를 도와주기 위해 나선다.

"마리아 씨는 참 여성스럽군요. 누구와는 달라요. 달라. 여자는 그래야죠. 하하하하."

구타 유발이란 단어가 왜 생겼는지 딕스는 행크를 보며 알게 되었다.

때리는 시어머니보다 말리는 시누이가 더 밉다더니.

좀 전의 유치한 그 생각을 실현시켜 버릴까?

딕스는 이를 놓고 갈등에 빠졌다.

다행히 행크의 마리아 지원 사격은 여기서 멈췄다.

하늘이 행크를 사랑하심이다.

"딕스, 너, 수도로 간다는 말은 없었잖아?"

양고기 기름이 번지르르 묻은 그 입으로 행크가 말한다.

마리아의 등장 이후 올가와 레나는 그녀의 눈치를 보느라 딕스에게 제대로 말도 붙이지 못했다.

두 사람이 딕스를 보거나, 혹은 말을 걸려고 하면 마리아가 매번 표독한 눈빛으로 이들을 쏘아보았기 때문이다.

원조 양고기 집, 맛집으로 소문난 이 음식점은 한 명의 남자와 두 명의 여자에겐 맛없는 집으로 기억된다.

"진작 알았다면 좋았을 것을. 그래도 이렇게 만났으니 함께 가시죠, 딕스 씨. 그런데 수도엔 연고가 있습니까?"

로이도 행크의 말을 거들며 분위기 반전을 꾀한다.

행크의 질문을 싹 무시한 딕스는 로이의 질문에는 표정을 풀고 대답했다.

"직장을 알아보려고요."

"직장을? 하긴 사람이 태어나면 수도로 보내고 말이 태어나면 아드로로 보내란 말도 있지. 그래, 무슨 일을 해볼 생각입니까?"

"딱히 정한 건 없습니다."

"음, 그럼 거처는?"

"그것도 가서 정해야죠."

대화에 끼고 싶어 하던 마리아는 딕스의 이 말을 듣자마자 환하게 웃으며 말한다.

하나라도 더 딕스에게 잘 보이고 싶어 하는 가련한 여심이다.

"딕스, 걱정 마. 내가 집 사 줄게. 그리고 하고 싶은 일이 있으면 말해. 내가 열심히 알아볼게."

썰렁.

마리아 데 란스에. 그녀의 이 멘트가 분위기를 이리 만든다.

로이가 마리아를 보며…

"아가씬 부잔가 보군요."

"딕스를 위해서라면… 그게 뭐든 아깝지 않아요."

이 자리가 내내 못마땅했던 딕스가 드디어 자리를 박차고 일어선다.

그의 돌발 행동에 모두가 깜짝 놀라 그를 본다.

딕스는 마리아를 내려다보며…

"적당히 까불어라."

그렇게 찬바람을 일으키며 딕스는 몸을 돌렸다.

하지만 그는 얼마 가지 못했다.

마리아가 그의 소매를 움켜쥐고 놓아주지 않았기 때문이다.

주르르.

눈물로 매달리는 마리아.

"미, 미안해. 내가 주제 넘게… 다신 안 그럴게. 내 생각이 짧았어. 그런 얘길 여기서… 하다니. 용서해 줘, 딕스. 흑흑흑."

마리아의 수행원들이 저만치서 이 소리를 듣고 깜짝 놀란다.

눈물의 사과? 마리아 데 란스에가?

내일 아침은 분명 해가 서쪽에서 뜨리라.

충격에 휩싸인 마리아의 수행원들이다.

그리고 얼굴과 몸매가 지독하게 나쁘지만(?) 그래도 마음씨 하나는 실크 같은 여자라는 인상을 그녀는 의도치 않게 주위에 심는다.

정의감이 넘치는 자가 행크다.

이를 보고 그냥 넘어갈 행크가 아니다.

여자를 공개 석상에서 망신 주는 행위는 결코 남자가 할 짓이 아니다.

행크의 성격을 아는 로이가 급히 그를 만류한다.

"왜?"

"네가 끼어들 문제가 아냐. 이건 저 두 사람의 문제야. 이런 일은 모른 척하는 게 예의다."

"하지만 마리아 씨가 안됐잖아."

"그것도 두 사람의 일이다."

로이의 냉철한 지적에 행크는 입맛을 다시며 딕스와 마리아를 번갈아 보았다.

곧 행크는 깊은 한숨과 함께 제 정의심을 꺾었다.

'로이 선배 말이 옳긴 하지만 그럼 말똥 수거는?'

의협심과 정의감과는 별도로 행크 역시 보통의 남자다.

두 대의 마차가 줄지어 관도를 내달린다.

선두의 마차엔 남자만 타고 있었고, 후미의 마차엔 여자들만 타고 있었다.

선두 마차.

창턱에 팔꿈치를 대고 손에 머리를 맡긴 딕스가 앉아 있다.

상념에 젖은 표정으로.

겉보기에 그의 인상은 창밖의 저 흐린 날씨만큼이나 몹시 우중충했다.

"마리아 씨와 정말 아무런 사이가 아니야?"

"하늘이 무너지면 사귄다고 했을 뿐입니다. 그게 어찌 정혼 성사가 될 수 있겠습니까?"

행크와 로이는 제국인이다.

그런 이들 앞에서 어찌 마리아에게 했던 말을 그대로 내뱉을 수 있겠는가.

공감의 표정으로 로이가 고개를 끄덕인다.

그 역시 남자인 것이다.

"하긴 많이 이상했지요. 딕스 씨의 정혼자가… 음, 뭐 마음씨는 나빠 보이지 않지만 남자들이 선호하는 타입은 아니죠."

"로이 선배, 마리아 씨는 그렇게 태어나고 싶어서 태어났겠어요? 외모를 비하하는 발언은 옳지 않아요."

"그렇긴 하지만… 근데 네가 왜 화를 내는 거야? 딕스 씨와 네 입장을 바꿔서……."

"입장을 왜 바꿔요. 난 올가뿐이라고요. 딴 여자는 절대 내 인생에 없어요!"

깜짝 놀란 표정으로 펄쩍 뛰는 행크다.

딕스와 로이는 미심쩍은 눈초리로 행크를 보았다.

이에 당황한 행크는 계면쩍은 웃음을 흘리면서 미꾸라지처럼 빠져나갔다.

"음, 그래, 사실 마리아 씨를 보면… 놀랍긴 해. 그렇지만 마음씨가 곱잖아. 우리 아버지가 그러더라. 여자 인물은 한순간이라고."

의기소침한 목소리로 행크가 이리 말하자 로이가 고개를 내저으며 한마디 한다.

"네 어머닌 미인이시잖아."

"그, 그럼 우리 아버지가 비싼 밥 먹고 헛소리했다는 거요? 그런 겁니까, 선배!"

"흥분하지 마라. 내 말은 딕스 씨의 입장에서 생각해 보란 거야. 같은 남자로서."

로이의 차분한 어조에 행크는 다시 한 번 자신과 마리아를 나란히 세우는 상상을 해버렸다.

하얗게 질린 얼굴로 황급히 도리질 치는 행크다.

부담이 가도 너무 가는 외모.

"아, 악담을 하세요. 악담을. 딕스, 미안하다. 네 말도 들어봤어야 했는데."

"그 사과 받아들이죠. 앞으로 그녀와 날 엮는 말은 하지 않았으면 합니다, 행크 씨."

"행크 씨가 뭐냐 행크 씨가. 한 번도 아니고 두 번이나 일행이 됐잖아. 이참에 우리 말 트고 지내자. 로이 선배, 선배는 어때요?"

"딕스 씨가 괜찮다면 나도 좋지."

"들었지? 딕스, 넌 어때?"

객관적으로 딕스는 이들보다 여러모로 떨어지는 위치에 있었다.

물론 딕스의 위장 신분이 그렇다는 것이다.

한데 그런 이를 두 사람은 서슴없이 친구로 삼겠다고 했다.

동성 친구.

딕스는 단 한 번도 이러한 친구를 사귀어보지 못했다.

그래서 그는 이들의 제안에 신선함을, 딱 신선함만 느꼈다.

'저들은 제국인이다.'

기사가 되길 소망하는 행크다.

훗날 불행하게도 북부 동맹과 제국이 싸우게 된다면 그와는 전장에서 보게 될지도 모른다.

친구의 가슴에 검을 꽂는다!

상황이 그렇게 흘러가면 어쩔 수 없이 꽂겠지만 기분은 결코 유쾌하지 않을 것이다.

그래서 딕스는 이들의 제안을 받아들이지 않았다.

"지금의 관계가 좋다고 봅니다, 행크 씨, 그리고 로이 씨."

그렇게 딕스는 선을 그어버렸다.

하지만…

"그래, 우린 친구다. 하하하하하."

행크로 인해 딕스의 선은 지워져 버렸다.

제5장

제국의 심장, 루젠

"놈은… 인간이 아니야. 지옥에서 올라온 악마라고!"

지옥에서 올라온 악마?

제국에서 최근 악마 하면 떠올리는 인물이 딱 한 명 있었으니, 그의 이름은 마인 노도.

어금니를 갈아붙이는 여자의 전신에선 증오와 두려움이 비례해 분출한다.

격정에 떠는 여자를 바라보는 남자. 그는 클라우드 폰 야니스였다.

"놀랍군. 그가 그렇게까지 강했다니."

클라우드의 목소리는 의외로 담담했다.

이것은 겉으로 보인 모습일 뿐 그 내심은 적잖은 충격과 의혹에 휩싸여 있었다.

"강한 정도가 아니야. 놈은 인간의 탈을 쓴 악마라고 했잖아. 악마! 그놈을 상대하기 위해선 천벽이 본격적으로 움직여야 해."

수도에 도착한 아우서는 낭패한 몰골로 곧장 클라우드를 찾아왔다.

이는 천벽보다 클라우드가 그녀에게 우선한다는 의미였다.

"이 사실이 벽주의 귀에 들어가면 그를 눈여겨볼지도 모르겠군."

"놈은 보통의 마인이 아니야. 그건 너도 알잖아. 마수라로 회유할 수 없다는 걸."

"이 세상에 회유가 불가능한 인간은 없어, 아우서. 다만 과정이 복잡해질 뿐이지."

아우서의 등 뒤로 천천히 돌아간 클라우드는 그녀의 가늘고 긴 하얀 목을 손가락으로 부드럽게 쓸어내렸다.

"으음."

그의 손길에 아우서의 격앙된 감정이 조금씩 가라앉았다.

그녀의 두 눈은 금세 욕정으로 번들거렸다.

클라우드의 손을 잡은 아우서는 그의 손등에 뜨거워진 제 입술을 부딪쳤다.

상체를 숙인 클라우드의 입술이 아우서의 귓가에 머문다.

그의 숨결이 아우서를 더욱더 흥분시킨다.

"아우서, 난 놈을 회유할 방법을 강구하고 싶어졌어. 그러니 놈에 대해선 함구해 줘. 내 부탁… 들어줄 수 있지?"

"네, 네가 원한다면… 얼마든지, 클라우드."

두 사람은 곧 격정적인 키스를 나눈다.

그리고 곧 나신이 되어 바닥을 뒹군다.

타닥타닥.

활활 타오르는 모닥불만이 붉은 얼굴로 두 사람의 낯 뜨거운 행위를 관람한다.

쾌락에 정신없이 빠져든 아우서와 달리 클라우드는 냉정함을 잃지 않았다.

격정적인 행위와 달리 차갑게 반짝이는 클라우드 눈동자.

'루세니엘의 이용의 폭이 넓어졌군. 후후.'

"아! 클라우드, 좀 더… 좀 더……."

달뜬 여인의 신음이 이 밤을 달군다.

그러나 그녀의 육체와 고혹적인 애원도 이 남자의 머리와 마음속을 흔들지는 못했다.

마인 노도.

지금 클라우드는 그와 사랑(?)을 하고 있었다.

3월의 첫날, 딕스는 제국의 수도 루젠에 첫발을 디뎠다.

대륙 제일 국가라는 그 이름에 걸맞게 도시는 입이 쩍 벌어질 만큼 드넓었고 건축물은 하나같이 입이 쩍 벌어질 만큼 웅장하고 아름다웠다.

한 가지 특이한 점은 당연히 있어야 할 성벽이 없다는 것이다.

성벽이 없는 도시는…

'제국의 자부심인가?'

딕스의 표정에서 이를 눈치챈 로이는 웃으며 친절하게 그 이유에 대해서 설명했다.

이런 의문을 가진 이가 비단 딕스만이 아니었기에 쉽게 눈치챈 것이다.

"외곽의 건물들을 떠올려 봐."

"외곽 건물?"

딕스는 로이의 말에 앞서 스쳐 본 건물들을 떠올린다.

유난히 크고 높은 건물들이 많았다.

벽의 두께나 재질도.

로이는 딕스의 표정에서 그가 무엇을 떠올렸는지 짐작했다는 듯 빙그레 웃는다.

"맞아. 그 외곽의 건물들이 유사시에 성벽을 대신하지."

합리적인 자부심이라고 해야 할까? 딕스는 로이의 설명에 깊은 감명을 받았다.

"설명 고마웠어요, 로이. 이제 헤어질 시간이군요."

그의 말에 행크가 걱정되는 표정으로…

"딕스, 정말 여관에 머물 거야? 로이 선배가 알아봐 준다던 하숙집에 가는 게 낫지 않겠어?"

도착과 함께 딕스는 일행에게 작별을 고했다.

딕스를 시골 출신으로 알고 있는 일행은 그가 사기꾼이나 도둑 같은 일상의 위협적인 존재들을 만나지 않을까 걱정했다.

그들의 진심이 느껴졌지만 딕스는 이들과의 인연을 더 이상 이어나가고 싶지 않았다.

혹시라도 일이 잘못되어 자신의 정체가 제국에 들통 나게 되면 행크와 그 일행에게 피해가 발생할 수 있음을 감안했기 때문이다.

"제 인생의 첫발입니다. 제 힘으로 하겠습니다."

"고집하곤. 알았다. 그래도 모르니까 언제든 일이 생기면 이 행크 님을 찾아와라. 내가 힘만 좋은 게 아니거든. 나름 발도 넓어. 하하하."

로이도 딕스에게 언제든 찾아와도 좋다는 말을 한다.

올가는 일행과 외떨어진 곳에서 딕스의 눈치를 살피며 안절부절못하는 마리아의 눈치를 살짝 보다가 그에게 나직한 어조로 말했다.

"제 가문 주소예요. 혼자 힘으로 벅찬 일이 생기시면 이리로 가세요. 집사에게 말을 해놓을게요. 언제든지 오세요."

올가의 두 눈에 그와의 헤어짐을 안타까워하는 기색이 역력했다.

마리아와 그가 정식 정혼자가 아니라는 것을 알았기에 이처럼 주소까지 내주는 올가였다.

"고마워요, 올가 씨. 원하시던 의사가 되어 많은 이들을 돌봐주세요. 그리고 레나 씨도 그동안 고마웠어요."

"그동안 즐거웠어요, 딕스 씨."

수줍게 웃으며 얼굴을 붉히는 레나다.

"딕스, 수도가 아무리 넓다지만 그래도 한 울타리 안이다. 그렇게 영영 못 볼 사람처럼 말하면 기분이 이상해지잖아."

작별은 늘 아쉬움을 남기는 법이다.

느닷없이 행크의 팔이 올가의 어깨에 오른다.

이를 허용할 올가가 아니다.

둘은 다시 티격태격한다.

행크가 달아나자 올가가 그 뒤를 추격한다.

저 멀리서 행크가 딕스를 향해 두툼하고 긴 팔을 허공에 흔들며 소리친다.

"딕스, 자리 잡음 곧장 연락해라! 내가 술 한잔 찐하게 산다! 다음에 보자! 하하하!"

"안 서! 이 변태 곰아!"

"서면 때릴 거잖아."

저 모습에 로이가 혀를 차며 고개를 내젓는다.

그러다 마리아를 보더니 레나의 소매를 잡아당긴다.

로이는 익살스러운 표정으로…

"멋진 딕스 씨, 그럼 다음에 또 뵙도록 하죠. 이곳에서 원하는 일자리를 찾길 정성껏 기도하겠습니다. 하하. 자, 가자, 레나."

"예, 선배. 딕스 씨, 그럼 다음에."

모두가 떠난 자리로 마리아가 다가온다.

내내 그의 눈치를 보던 마리아의 얼굴에 오늘따라 유독 수심이 깊어 보인다.

"저, 저기… 딕스."

"마리아 영애도 갈 길 가십시오."

"자, 잠깐만."

돌아선 딕스를 마리아가 황급히 붙잡는다.

"저, 저기… 이거 얼마 안 되지만 받아둬. 이건 딴 뜻이 있어서 주는 게 아니야. 우, 우정의 표시로……."

조금만 건드려도 펑펑 울 것 같은 마리아의 얼굴을 보자 딕스의 마음은… 그래도 견고했다.

"필요 없습니다."

공돈 앞에서 흔들리지도 않고 마다하는 딕스의 모습은 흔히 볼 수 있는 게 아니다.

그의 평생을 통틀어서 이번이 처음일 게다.

마리아는 제 몸을 가누지 못할 만큼 몸이 무거워졌다.

비틀거리는 그녀를 향해 하녀가 달려와 급히 부축한다.

"아, 아씨."

"괜찮아. 정말 괜찮아."

말은 이러했지만 그녀의 혈색과 눈은 그렇지 않았다.

주르륵.

몇 날을 먹지도 자지도 못했던 마리아다.

저 차갑고 무정한 남자가 뭐가 그리 좋다고 간과 쓸개까지 다 빼놓고 구애하는가.

자신의 이런 모습에 그녀는 실망과 분노를 느꼈다.

그리고 자신을 무시한 딕스에게 복수심까지 품었다.

하지만 웬걸, 다음 날 그를 보노라면 그 미움이 봄눈 녹듯 흔적 없이 사라져 버리곤 했다.

밉지만 미워할 수 없는 남자.

그녀에게 딕스는 그런 남자로 가슴에 틀어박혀 있었다.

티끌만큼의 여운도 남기지 않고 딕스는 그 자리를 성큼성큼 벗어나 버렸다.

남겨진 여인.

'너의 약속이 실현되면 반드시… 반드시 널 찾아갈 거야. 우리의 약속이니까.'

그녀도 안다. 제국이 패망해 사라질 리가 없다는 것을.

그럼에도 여기에 얽매이는 것은 그것이 딕스와 자신을 연결할 유일한 끈이기 때문이다.

저벅저벅.

멀어지는 야속한 임이시여.

마치 두꺼운 도가 비스듬히 잘린 듯한 특이한 건물이 딕스
의 눈을 가득 채운다.

저곳이 딕스가 깨부수려 한 천벽의 대외 본거지였다.

딕스가 제국의 수도에 머문 지 오늘로 일주일에 접어들었
다.

그동안 그는 사설 정보 조직을 통해서 천벽에 대해 알아보
려 했다.

한데 돈만 주면 뭐든 다 하는 그들이 웬일인지 이 의뢰에는
하나같이 고개를 내저으며 의뢰를 받으려 하지 않았다.

어떤 이들은 오히려 그를 역으로 조사하려고 했다.

당연히 그들은 영원히 입을 열 수도, 움직일 수도 없는 상
태가 되었다.

일이 이리 돌아가다 보니 딕스는 직접 나설 수밖에 없었다.

다가닥다가닥.

자정이 다 되어가자 한 대의 마차가 음산한 천벽에서 빠져
나오고 있었다.

그 마차는 넓은 동쪽 대로를 달려가다가 돌연 방향을 바꾸
어서는 정반대인 저택이 밀집한 고급 주택가로 들어갔다.

한참이 지난 후 딕스는 이 마차가 들어간 저택 입구에 나타

났다.

'역시 우회적인 방법으론 일이 안 돼.'

아우서만 잡아 족친 뒤 곧장 수도를 떠나려 했던 딕스였다.

제국의 수도 자체가 그에게는 적잖은 부담감으로 작용했기에 역시나 일은 생각했던 것 이상으로 어려웠다.

당장 천벽 건물 주변을 지켜보더라도 혼자의 몸으로는 한계가 있었다.

또한 천벽으로 들어가는 문이 드러난 것 이외에도 더 있을 경우엔 감시도 말짱 헛일이었다.

그래서 딕스는 룩센이 물어온 정보를 토대로 천벽 내 요인들을 잡아다가 문초하기로 작정했다.

그 첫 번째 표적이 저 저택의 주인, 말슨 드 레볼리 자작이었다.

딕스가 나흘간을 공들인 자였다.

말슨 자작가는 오늘 끔찍한 악몽과 조우하게 될 것이다.

'으음, 주소가 눈에 익군?

어디서 본 듯한 느낌이 물씬한 주소다.

하지만 어디서 봤는지는 도통 생각나질 않는다.

딕스는 곧 이 생각을 날려 버렸다.

엉뚱한 생각에 사로잡혀서 이 밤을 축낼 수 없었기에.

펄럭.

준비한 배낭에서 딕스는 마인 노도를 상징하는 큰 후드 로브를 걸쳤다.

높다란 담장, 커다란 쇠창살 문.

날개가 없는 그로서는 도약으로 담장을 넘을 수 없었다.

도구를 이용한 담 넘기 역시 해본 적이 없었기에 그에 쓸모 있는 밧줄이나 사다리는 아예 가져오지도 않았다.

그가 가져온 것이라곤 큰 후드 로브가 고작이다.

그럼에도 그의 얼굴에선 거리낌이 없었다.

짐만 되는 허접한 도구보다 더 효율적인 것이 그에게는 있었기 때문이다.

딕스를 중심으로 안개가 피어오른다.

안개는 귀소본능을 가진 짐승처럼 저택으로 곧장 내달렸다.

밤은 안개를 가려주기에 충분했다.

드문드문 불이 켜져 있는 고급 저택.

창문에 어른거리던 몇몇 그림자들이 힘없이 풀썩 주저앉는다.

한밤의 불청객은 당당하게 저택 정문 앞에 섰다.

물의 검이 문틈 새로 스며 들어가 안쪽 두꺼운 걸쇠를 단숨에 잘라 버린다.

양쪽 걸이에 걸린 걸쇠는 떨어지지 않았다.

땡그랑.

문을 가볍게 차자 관리가 잘된 듯 문은 그 흔한 마찰음도 없이 부드럽게 열렸다.

정문 수위실이 우측에 보인다.

안개에 섞인 수면 약에 취한 수문장이 물 잔뜩 먹은 빨래처럼 의자에 걸려 있었다.

다음 날 일어나면 허리깨나 쑤실 자세다.

텅.

꼼꼼한 불청객은 대문을 닫은 뒤 느긋한 발걸음으로 타원형의 커다란 정원을 가로질렀다.

새순과 꽃봉오리가 정원에 가득했다.

겨우내 얼어 있던 분수에선 졸졸거리는 물소리가 난다.

'정원 관리사의 솜씨가 좋군.'

이 저택의 주인인 말슨 드 레볼리 자작은 정원에 대한 애착이 대단한 사람이었다.

그는 임금이 비싼 일급 정원사를 무려 둘씩이나 고용해서 자신의 정원을 관리하도록 했다.

딕스의 경우 정원은 한낱 눈요깃거리로 굳이 돈을 들일 필요가 없는 곳이란 인식이 강했다.

그에게 정원이란 아까운 공지였다.

정원을 갈고 그곳에 채소와 과실나무를 심는 게 이득이라고 여기는 사람이 딕스다.

이런 그도 차마 제집 정원을 갈아엎지는 못했다.

사회적 체면.

어느새 현관 앞에 도착한 딕스는 발끝으로 문을 툭 건드렸다.

스르륵.

'쯧쯧, 도둑이 들면 어쩌려고 문도 안 잠근 거야?'

내 집이나 남의 집이나 문단속은 잘해야 하는 법이다.

피땀 흘려 모은 재산을 불법 불로소득자들에게 상납할 생각이 없다면 말이다.

그런 점에서 저택 관리를 맡고 있는 집사는 당장 모가지를 쳐야 한다. 보통 저택 관리 집사의 월급은 아카데미 졸업생 초임의 40~50배다.

참고로 딕스의 대저택을 관리하는 집사 젤의 월급은 집사들 평균 월급의 딱 절반 수준이다.

사업을 하려면 인건비부터 쥐어짜라!

골번이라는 어느 사업가의 자서전에 나온 말이다.

이것저것 참으로 잡다한 것을 많이 읽은 딕스다.

독서의 황금기, 지식의 축적기.

엘리자베스 공주와 서커스단의 단원으로 떠돌던 때였다.

그때 그 독서의 양분이 합리적인 짠돌이를 만들었다.

지식의 편식쟁이.

그 사람이 여기 남의 집을 제집처럼 돌아다니고 있는 딕스르 시리우스 백작이다.

'헐, 저 샹들리에… 저거 엄청 비싼 건데. 봉급쟁이가 저런

걸 살 여력도 있고 제국 공무원도 할 만하군.'

긴장감이라곤 벼룩의 눈곱만큼도 안 보이는 딕스다.

한두 번이 아니다 보니 이런 게 아닐까 싶다.

딕스는 방방마다 일일이 열고 다닌다.

보통 저택의 주인은 1층을 사용하지 않는다.

그래서 2층부터 쭉 방문을 열고 다니다 보니 별의별 것을 다 보게 되었다.

남녀가 뒤엉킨 장면도 보게 되었고, 늙은 영감이 목욕하다 욕조에서 잠자는 모습도 보았다.

영감의 목욕 자세가 하도 위태로워 보여 딕스는 그가 욕조에서 익사하지 말라고 물을 빼주는 착한 일도 했다.

딕스가 아니었다면 분명 노인은 욕조에 빠져 죽었으리라.

사람 하나 살린 딕스다.

그렇게 이 방 저 방 뒤진 끝에…

"익숙한 뒤태네."

책상에 엎드려 자고 있는 젊은 여인을 발견했다.

그냥 지나치려던 딕스는 여자의 뒷모습이 눈에 익어서 걸음을 멈추었다.

여자에게로 걸어간 딕스는 그 얼굴을 확인했다.

여자의 얼굴을 확인한 딕스의 얼굴이 큰 후드 속에서 와락 일그러진다.

"오, 올가!"

그의 눈에 익은 뒤태의 여인은 올가였다.

그녀를 보자 딕스는 그제야 이 집 주소가 왜 눈에 익었는지 알게 됐다.

올가가 수도에서 힘든 일이 있으면 찾아오라고 적어준 주소가 바로 이곳이었다.

행크 일행과 헤어지자마자 대충 보고 버렸던 쪽지였다.

하필이면 자신이 표적으로 삼은 자의 딸이 올가였다니.

딕스는 인정이 있는 청년이다.

은혜와 원수를 구분할 줄 아는 지성인이다.

그리고 공과 사도 정확해야 한다고 믿는 원리 원칙주의자이기도 하다.

차라리 그녀의 얼굴을 확인하지 말걸⋯ 때늦은 후회가 파도처럼 밀려들었다.

몰랐다면 거리낌 없이 말슨 자작을 다루었을 텐데.

그도 인간이다 보니 말슨 자작에 대한 행위의 수위가 자연약해질 수밖에 없다.

펼쳐진 노트에 올가가 적은 글이 보인다.

이 노트는 올가의 일기였다.

일기엔 딕스와 마리아가 언급되어 있었다.

페이지 절반을 써 내려간 일기장엔 딕스의 이름만 무려 열세 번이 적혀 있다.

자신을 사모하는 여심을 본 딕스의 소감은⋯

'…이놈의 인기란.'

기분이 좋아졌다가 한편으론 쓸쓸하기도 했다.

딕스는 곧 그녀의 방을 나왔다.

더 봐야 말슨 자작과의 용무에 사감이 존재할 것 같아서다.

2층을 모두 뒤지고, 3층을 뒤지고, 다시 4층으로 올라가 맨 끝 방에서 딕스는 말슨 자작을 찾아냈다.

일벌레인지 그는 서류 작업을 하다 엎어져 있었다.

딕스는 약병을 열어 그 내용물의 냄새를 말슨 자작이 맡게 했다.

지독한 악취.

"끄응."

와락 일그러진 얼굴로 자작이 눈을 떴다.

흐리멍덩한 그 눈에 초점이 잡힌다.

그리고 자신의 서재에서 낯선 자를 자작은 보게 된다.

창문을 등지고 서 있는 로브의 남자.

자작은 서랍을 열고 재빨리 단검을 빼 들어 딕스를 향해 겨누었다.

자작의 손에는 굳은살 하나 없었다.

펜대만 잡고 살아온 자의 특징이 그대로 보이는 하얀 손이다.

그 손으로 잡고 있는 단검 따위에 위축될 딕스가 아니다.

딕스는 목소리를 최대한 음산하게 변조했다.

"말슨 드 레볼리 자작."

"누, 누구냐? 누군데 감히 내 집에 침입한 것이냐? 얌전히 물러가면 오늘 일은 불문에 부치겠다."

눈앞에 서 있는 로브의 남자가 요즘 제국에서 악명으로 최고의 주가를 올리고 있는 마인 노도임을 알았다면 자작은 절대 이런 말을 하지 않았을 것이다.

"말슨 자작, 내 너에게 몇 가지만 묻고 갈 생각이다. 내 질문에 성의를 보인다면… 얌전히 돌아간다. 하지만 성의가 보이지 않는다면!"

협박은 말보다 실력 행사다.

서재에 있던 청동 흉상이 물의 검에 사등분되어 바닥에 떨어진다.

쿵쿵쿵쿵.

이를 본 말슨 자작의 두 눈이 커지고, 쥐고 있던 단검은 마지막 잎새처럼 파들거린다.

덜덜덜.

"노, 노도?"

천벽이 주시하는 자가 누구던가. 바로 마인 노도이다.

그에 대한 정보를 가장 많이 다루는 대표적인 기관이 바로 천벽이 아니던가.

이러한 곳에서 중책을 맡고 있는 말슨 자작이 방금 전의 일수가 마인 노도의 주특기임을 어찌 모르랴.

툭.

자작이 쥐고 있던 단검이 힘없이 바닥으로 떨어진다.

주춤.

턱.

뒷걸음치다 의자에 걸린 자작의 얼굴이 창백해진다.

눈앞의 인물은 피도 눈물도 없는 잔인한 학살자다.

그의 손에 죽은 자가 몇이던가.

보고된 바에 의하면 그 수가 무려 3만에 달했다.

개인이 3만을 죽인다? 이는 상식적으로 불가능한 일이다.

그리고 지금까지 제국에 등장한 마인들 역시 노도급은 결코 아니었다.

악명 종결자, 공포의 대명사, 마인 노도.

그런 존재가 제 서재에 있다.

자작의 다리가 미친 듯이 흔들린다.

손바람에도 풀썩 쓰러질 것처럼 위태롭다.

'보약이라도 드셔야겠군. 너무 심약한데. 흠.'

여기서 더 겁을 줬다간 자작이 심장마비에 걸려 곧 세상과 하직할 것 같다.

올가의 아버지만 아니면 그러거나 말거나 제 볼일만 화끈하게 보고 떠날 텐데.

팔이 왜 안으로 굽는가!

또다시 그 원리를 딕스는 여기서 깨닫는다.

"말슨 자작, 내 질문에 정성을 보이면 너와 네 가족은 무사할 것이다."

"가, 가족?!"

한 남자는 약했지만, 가장은 강했다.

자작은 딕스의 협박에 정신이 번쩍 들었다.

"가족을 소중하게 여기는 남자군. 그런 점에서 플러스를 주지. 자, 이제 본론으로 들어가도록 하지. 아우셔. 그녀는 어디 있나?"

충성심과 가족애 사이에서 말슨 자작은 갈등했다.

상대가 타협이 가능한 정상적인 자라면 좋겠지만 눈앞의 상대는 사람 목숨을 파리처럼 여기는 자다.

그를 자극했다간 내일 아침이면 분명히 '말슨 일가의 참변'이란 제목의 보고서가 제 동료의 손에서 작성될 것이다.

"무, 물 한 잔 마셔도 되겠습니까?"

"좋을 대로."

딕스는 의자 하나를 끌어와 거기에 앉았다.

세 컵의 물을 단숨에 비운 말슨 자작은 여전히 갈증이 풀리지 않았다.

그의 이 갈증은 노도가 눈앞에서 사라지면 풀리지 않을까 싶다.

"제가 아는 바를 말씀드리면… 그냥 가시는 겁니까?"

고뇌하던 자작은 용기를 내어 딕스에게 확인차 물었다.

딕스는 자신의 성급함을 보이지 않기 위해 일부러 의자 등받이에 등을 기댄 후 약간 뜸을 들였다.

자작에게 그의 뜸은 지옥에서의 일평생과도 같았다.

째깍째깍.

드디어 딕스는 입을 열었다.

"약속한다."

"그, 그녀는 클라우드의 저택에 머물고 있습니다."

후드 안 딕스의 눈에서 이채가 반짝인다.

후드가 이를 잘 가려주어 자작은 그에게서 그 어떤 것도 볼 수 없었다.

"두 번째 질문이다. 룩센… 그 녀석의 행방은?"

"모, 모릅니다. 조직을 배신하고 떠났다는 것밖에."

"실망스러운 대답이군, 자작."

"자, 잠시만. 잠시만… 이건 소문입니다. 그래서 확실한지 알 수 없습니다. 그래도 들으시겠다면 말씀드리겠습니다."

올가에겐 미안했지만 타깃을 정말 잘 정했다고 내심 기뻐하는 딕스다.

"해봐."

"얼마 전 침입자가 있었습니다. 극비 문건이 상당수 도난 당했지요. 그 사건의 범인이 룩센이 아닐까라는 소문이 한동안 내부에 떠돌았습니다."

룩센의 행적에 대해 자작은 더 이상 알지 못했다.

"알았다. 마지막으로 하나만 더 묻도록 하지."

자신과 가족의 생사가 저 하나의 질문에 달려 있다고 여긴 자작은 온 신경을 청각에 집중했다.

자작은 자신이 노도의 질문에 만족스러운 답변을 할 수 있기를 진심으로 바랐다.

꿀꺽.

자작의 침 넘기는 소리가 마치 새벽을 깨우는 수탉의 우렁찬 소리를 연상시킨다.

"마, 말씀하십시오."

"그림자 마법사들의 소재지를 말해봐."

놈들을 유인하는 것도 이젠 지친다.

찾아가는 장례 서비스! 100퍼센트 무료 서비스를 위해 딕스는 진지한 어조로 묻는다.

"그, 그건… 저도 잘……."

"마지막 질문인데 실망을 안겨주는군."

실망감을 받았지만 그렇다 해도 어찌 올가의 부친과 이 저택의 생명체들을 깡그리 말살하겠는가.

그냥 아쉬워서 던진 말이다.

무심코 던진 담뱃불에 온 산이 다 타듯 자작의 내심은 두려움에 요동치고 있었다.

딕스가 천천히 몸을 일으킨다.

이에 기겁한 자작이 발작적으로 소리쳤다.

"하, 한 명 압니다."

멈칫.

"방금 모른다고 하지 않았나?"

"바, 방금 생각났습니다. 제 영혼을 걸고 맹세할 수 있습니다. 정말 방금 생각났습니다. 믿어주십시오."

덜덜덜.

마인 노도. 확실히 공포의 대명사가 맞긴 맞나 보다.

사색이 된 얼굴로 애걸하는 말슨 자작이다.

딕스는 자작의 얼굴에서 올가의 얼굴을 볼 수 있었다.

'저 아저씨, 저러다 정말 심장마비로 돌아가시는 거 아냐?'

말슨 자작의 건강을 위해서라도 더 이상의 자극은 위험하다고 판단한 딕스는 자작이 기억해 낸 자의 소재지만 듣고 가기로 했다.

그러나 마음 한편으론 아쉽기도 했다.

좀 더 강하게 쥐어짜면 뭐라도 하나 더 건질 것 같아서였다.

"믿어. 자작의 눈은 거짓말할 사람의 것이 아니야. 의외로 내가 사람 볼 줄 알거든."

"가, 감사합니다."

자작은 눈물까지 철철 흘리며 그림자 마법사의 소재지를…

'카라힐?!'

덜컥.

딕스의 심장이 내려앉는 소리다.

카라힐이 어떤 곳인가.

바로 퓰 공국의 수도가 아닌가.

*　　　*　　　*

말슨 자작은 노도의 방문을 불문에 부쳤다.

떠들어 봐야 비밀을 누설한 자신의 죄만 드러나니 이 일은 그에겐 평생 함구해야 할 일이 될 수밖에 없었다.

딕스는 날이 밝자마자 집으로 마도 통신을 날렸다.

그림자 마법사가 카라힐에 왜 있는지는 알 수 없었지만 놈이 혹시라도 자신이 그랬던 것처럼 제국에서 난동을 부린다면!

다행히 사부가 카라힐에 머물러 있어 그나마 딕스는 마음을 놓을 수 있었다.

'사부, 내가 갈 동안 잘 부탁해.'

마도 통신소를 나오는 딕스의 발걸음이 무겁다.

지금 그의 내심은 초조했고, 마음은 제국을 가로질러 집으로 달려가고 있었다.

그럼에도 그가 이곳을 떠나지 못하는 이유는 지금 가 봐야 이도 저도 아닌 상황만 된다는 것을 알고 있었기 때문이다.

클라우드 폰 야니스. 딕스는 오늘 밤 그의 집을 방문할 계획을 갖고 있었다.

아침을 먹기 위해서 식당으로 향하던 딕스는 앞을 가리는 그림자로 인해 걸음을 멈추었다.

딕스의 앞에는…

"올가 씨."

어젯밤 그녀의 아버지를 요단강 근처까지 안내했었다.

그런데 그 딸인 올가를 이처럼 만나게 되자 그도 사람인지라 미안한 감정을 떨쳐 내지 못했다.

딕스의 이 같은 태도를 올가는 다른 방향으로 해석했다.

수도 생활이 뜻대로 풀리지 않아 의기소침에 빠졌다고 여긴 것이다.

이리 생각한 올가는 딕스에게 연민과 안쓰러움을 느꼈다.

"식사는 하셨어요?"

올가는 딕스의 자존심이 상처받지 않도록 최대한 배려했다.

그녀의 배려를 딕스는 느낄 수 있었다.

먹지 않았다고 사실대로 말했다간 그녀와 함께 식사할지도 모른다.

"예."

올가는 재빨리 딕스를 위아래로 살폈다.

잠은 제대로 자고 다니는지, 밥은 제대로 먹고 다니는지 살

뜰한 여자 친구의 눈썰미로 보았다.

다행히 몸 상태는 좋아 보였다.

여기에 안도하는 한편 다른 마음으로는 섭섭함을 느꼈다.

그가 자신을 피하는 듯한 느낌을 받아서였다.

"차라도 한잔하실래요?"

딕스는 올가의 일기장에서 '그를 만나면 용기 내어 먼저 고백해야지.' 라는 대목을 봤었다.

그래서 그녀가 자신에게 고백할 짬을 주지 않기 위해 방어를 게을리하지 않았다.

"면접 볼 데가 있어서요."

"이 아침에요?"

올가는 딕스가 자신을 밀어내려는 듯한 느낌을 받았다.

그게 속이 상했지만 이를 내색하지는 않았다.

행크가 자신을 좋아한다고 동네방네 소문내고 다녔으니 그가 자신을 저리 대하는 것도 이해 못 할 건 아니었다.

두 사람은 친구였기에.

물론 행크의 일방적인 선언에 불과하지만.

"백수가 귀리 빵, 밀 빵 가릴 처진가요. 부지런한 모습을 보여야 고용주도 1점이라도 더 점수를 주지 않겠어요. 하하."

딕스의 매끄러운 거짓말에 올가는 고개를 끄덕였다.

이제까지 봐온 딕스는 굉장히 부지런한 사람이었기에 이 부분에 있어서 그녀는 전혀 의심하지 않았다.

그래도 섭섭한 것은 어쩔 수 없었다.

밥 먹자, 차 마시자, 아침부터 이러고 다니는 걸 부모님이나 친구들이 보기라도 한다면? 주변을 살피는 올가의 눈빛은 그래서 몹시 조심스럽다.

그리고 이러한 주변의 의식은 그녀의 용기도 꺾어버린다.

"그렇군요. 그럼 다음에……."

"예, 다음에."

이루어지지 않을 약속을 하며 딕스는 그녀를 피해 달아나듯 걸음을 재촉한다.

그가 사라지자 올가는 어깨를 푹 숙이며 걸어간다.

쓸쓸함을 제 발자국에 남기며.

*　　*　　*

클라우드의 저택은 중심가에서 서쪽으로 치우친 외곽에 위치하고 있었다.

그의 명성에 비해 이 구역은 어중간한 위치의 상류층들이 살고 있는 그런 곳이다.

체면을 중요시 여기는 자들에게 그래서 이곳은 인기 없는 구역이다.

오후 2시경, 딕스는 이 근방을 돌아다니고 있었다.

제국에서도 클라우드는 유명 인사에 속한다.

그러다 보니 그의 집을 알아내는 일은 그리 어렵지 않았다.

'저 집이군.'

명색이 제국 4대 공작가의 차남이 살고 있는 곳이다.

밖에서 대충 살핀 클라우드의 집은 저택이란 단어보단 큰 집이란 개념이 적당할 것 같았다.

그의 이복형제와 요즘 사이가 안 좋다는 말을 듣긴 했지만 아무리 그래도 그렇지 당당한 제국 4대 공작가의 혈육치곤 경제 사정이 열악해 보였다.

저런 집을 갖기 위해 불철주야 노력하는 이들이 듣는다면 씁쓸하겠지만 그들과 클라우드는 근본이 다르다.

사실 딕스는 클라우드를 매우 싫어한다.

예전, 놈이 엘리자베스 공주에게 추악한 마수를 뻗쳤기 때문이다.

잘 걸렸다!

딕스의 심정을 이보다 더 적절하게 표현할 수 있는 단어도 없을 것이다.

'밤에 보자, 클라우드.'

클라우드의 소형 저택을 정찰한 딕스는 오늘 밤의 작업을 위해서 몸을 돌렸다.

이리 돌아가는 그를 누군가 지켜보며 두 눈을 빛내고 있었다.

딕스는 이 시선을 알아차리지 못했다.

*　　　*　　　*

사지에 쇠못이 박힌 눈부신 미모의 엘프.

그녀에게 짙은 죽음의 그림자가 드리워져 있었다.

고목처럼 변해가는 여인. 그녀의 이름은 루세니엘.

"왜지?"

루세니엘의 앞, 아우셔가 침통한 기색으로 그녀를 바라보며 묻고 있었다.

실크처럼 아름다운 머리카락을 길게 늘어뜨린 루세니엘에게선 아무런 움직임도 찾아볼 수 없었다.

아우셔가 다가가 그녀의 턱 끝을 들어 올렸다.

깃털을 만지는 느낌이다.

"루세니엘!"

아우셔의 입에서 천둥과 같은 고함이 터졌다.

다량의 초조감이 아우셔의 이 목소리에 담겨 있었다.

루세니엘의 변화는 클라우드에게도 얘기치 못한 돌발 상황이었다.

그녀를 회생시키기 위해서 클라우드는 지식의 서고를 찾아갔다.

그녀의 소멸은 클라우드가 진심으로 원하지 않는 결과였다.

고목의 껍질처럼 변해가는 루세니엘처럼 클라우드의 마음

도 타들어가고 있었다.

"일어나. 아직 소멸하기엔 이르잖아!"

아우셔의 목소리는 루세니엘에게 전달되지 않았다.

모든 것을 닫아버린 그녀를 깨울 방법은 전무했다.

그녀 스스로 일어서지 않는 한 그 누구도 그녀를 일으켜 세울 수 없었다.

아우셔는 그녀를 깨우기 위해 노력했지만 성과는 없었다.

마음을 닫고 몸을 죽이기 시작한 루세니엘의 뜻은 완고했다.

"그래, 노도. 노도가 이곳에 왔다. 내 말 들려? 널 구하기 위해서 그 자식이 왔단 말이다!"

꿈쩍도 않던 루세니엘에게서 처음으로 반응이 나타났다.

아우셔는 이를 놓치지 않았다.

더욱더 적극적인 자세로 아우셔가 말한다.

"그래, 노도야. 노도. 그가 나타났어. 그를 봐야 하지 않나? 네가 모든 것을 저버리고 선택한 그 남자가 널 구하러 온 거야."

말라비틀어진, 퍼석한 루세니엘의 입술이 움찔거린다.

"아우셔……."

"그래그래, 말해."

엘프는 마음을 닫으면 죽는다.

한 번 닫힌 그 마음은 오직 이를 닫은 본인만 열 수 있다.

아우서는 그녀가 살고자 하는 의지를 황량하게 변한 그 마음에 들여놓기를 진심으로 원했다.

루세니엘을 향한 아우서의 마음은 복잡한 애증이었다.

증오와 사랑이 교차하는 설명할 수 없는 이중의 마음이다.

"그를… 내게 데려와."

푹.

루세니엘은 이 말을 끝으로 그 어떤 움직임도 보이지 않았다.

기력이 모두 소진된 듯했다.

제 입술을 깊이 깨문 아우서는 곧장 감옥을 나섰다.

그녀는 급히 클라우드를 찾아갔다.

엘프에 대한 자료를 찾던 클라우드는 아우서의 방문을 받자 내심 당황했다.

다행히 클라우드가 순간적으로 생각했던 불행한 사태는 아니었다.

루세니엘의 뜻을 아우서의 입에서 전해 들은 클라우드의 얼굴이 와락 일그러진다.

"그녀가 그리 말했다고?"

"그래, 그녀가 그리 말했어. 닫힌 그녀의 마음을 열 방법은 그것밖에 없어. 저 상태의 루세니엘을 벽주에게 넘겼다간 아무리 너라도 큰 곤경에 처할 수 있어."

잔뜩 굳은 얼굴로 클라우드는 몸을 일으켰다.

그때 클라우드의 저택 총괄 집사 아이게가 그를 찾아왔다.

야니스 공작 가문의 정보 조직인 '천 개의 눈'의 부단주였던 그는 전 공작의 유언에 따라 지금은 클라우드를 모시고 있었다.

"아이게 집사."

"주군, 놈이 저택 주변을 배회했습니다. 조만간 들이닥치지 않을까 싶습니다."

"놈이?"

답답한 심정을 드러내던 클라우드의 눈빛은 아이게의 보고에 되살아나기 시작했다.

간덩이가 부어도 유분수지. 여기가 어디라고 감히 기어들어 온단 말인가.

그 작은 전투의 승리로 애송이가 제국을 핫바지로 안단 말인가? 그렇지 않고서야 제국의 심장인 수도에 놈이 나타날 리없다.

경솔하고, 어리석고, 무지하다.

딕스에 대한 클라우드의 평가였다.

클라우드의 머리가 빠르게 회전하기 시작했다.

곤란한 이 상황을 역전시킬 방법을 찾기 위해서.

'놈이 나의 집을 배회했다면… 조만간 날 찾아오겠군.'

자신의 정보가 외부에 알려진 것은 불쾌한 일이다.

그러나 상대가 노도라면 지금 상황에서는 이보다 더 즐거운 일이 아닐 수 없었다.

"아우서, 난 손님맞이를 해야 할 것 같다."

"그 녀석, 정상이 맞긴 한 거야? 아무리 간덩이가 부어도 그렇지. 여기가 어디라고."

아우서의 표정에는 황당함이 크게 피어나 있었다.

"애송이들이 가끔 판단 착오를 하지. 덕분에 일이 더 수월해지겠어. 후후."

음모의 냄새가 모락모락 피어나는 클라우드의 웃음이 낮게 흘러나온다.

*   *   *

어둠과 안개는 딕스에게 생활의 일부가 되어 있었다.

건실하고 규칙적인 그의 생활을 놓고 볼 때 어둠은 어울리지 않는 요소다.

클라우드 폰 야니스의 저택이 인위적으로 생성된 안개에 덮여 있다.

안개엔 황소도 단숨에 잠재울 다량의 수면제가 함유되어 있었다.

경험으로 축적된 문 따기 기술로 저택의 정문을 수월하게 연 딕스는 당당하게 내부로 진입했다.

고동색 두꺼운 현관문도 그의 발길을 막을 수가 없었다.

툭툭.

문 안쪽에서 잘린 걸쇠가 바닥을 때렸다.

이 소리와 함께 문은 바깥쪽에서 안쪽으로 미끄러지듯 열린다.

클라우드의 저택은 겉보기와 달리 보안과 경비가 물샐틈없는 곳이다.

평범한 일꾼으로 위장한 천 개의 눈 요원들과 은신한 자들이 저택을 수호했기 때문이다.

하나 이들의 철통같은 방비도 딕스의 수면 안개 앞에서는 무용지물이 될 수밖에 없었다.

그들과 딕스는 급이 다르기에.

하지만 오늘은 급 높은 딕스의 수면 안개가 제 위력을 발휘하지 못했다.

모든 움직임을 정지한 저택의 수호자들.

그들은 아우서의 조언을 토대로 만반의 준비를 해두었다.

이 때문에 그들은 수면 안개의 영향을 받지 않고 한밤의 불청객을 예의 주시한다.

물의 척후를 통해 저택 내부에 움직임이 없다는 것을 확인한 딕스는 타성에 젖어 클라우드를 찾기 위해 당당히 돌아다녔다.

'느낌이… 좀 이상한데.'

타성에 젖었으나 전격의 파울에게 쫓겨 다니던 시절 몸에

밴 감각은 아직까지 무뎌지지 않았다.

지금 그 직감이 딕스의 내부에서 불안한 표정으로 고개를 쳐들었다.

하나의 방문을 열고 그 내부를 살핀 딕스는 몸을 돌리려 했다.

이 방엔 두 명의 남자가 각자의 침대에서 자고 있었다.

앞서 확인한 여러 방들과 비교하면 이 방의 풍경도 전혀 다르지 않았으나 발동한 촉이 이 순간 그의 발목을 붙잡았다.

구김 없는 이불, 흐트러지지 않은 반듯한 수면 자세.

대수롭지 않게 보았다.

잠버릇이 없는 사람도 있으니까.

그런데 이 저택의 인물들은 하나같이…

'잠버릇이 없잖아?'

후드 안 딕스의 얼굴이 굳어진다.

'무언가 잘못됐다!' 라는 것을 그제야 딕스는 깨달았다.

저벅저벅.

침대로 다가간 딕스는 잠든 남자의 얼굴을 내려다보았다.

남자에게서 흘러나오는 냄새가 그의 후각을 자극한다.

이것은 딕스에게 익숙한 냄새였다.

수면을 깨우는 약.

이 냄새를 그는 저택 내부로 들어오면서부터 맡았다.

평소에 맡았던 그 썩은 악취와 비교하면 지금의 이 냄새는 너무 미약했다.

그래서 그는 이 냄새를 방향제로 여겼다.

자신의 능력을 과신한 탓이 컸다.

스윽.

딕스는 후드를 얼굴 앞쪽으로 끌어내렸다.

그의 내부는 오늘 밤 평화로운(?) 수확이 어렵다는 판단으로 들끓고 있었다.

츄아앙!

두 개의 물의 검이 발출됐다.

위기를 느낀 두 일꾼은 움츠린 스프링이 펼쳐지듯 몸을 날렸다.

놀랍도록 민첩했다.

그러나 딕스의 물의 검은 그들의 민첩함을 압도했다.

서걱!

육신이 베인다.

이등분된 시체가 진한 혈향을 피워 올리며 철퍼덕 소리와 함께 바닥에 떨어진다.

그 순간, 저택은 마치 그 전체가 살아 있는 유기체처럼 민활하게 움직였다.

그 활발함이 물의 척후를 통해 딕스에게 속속 보고된다.

'음, 나도 모르게 자만에 빠졌군.'

연전연승이 가져다준 불편한 상품이 아닐 수 없었다.

두렵지는 않았다.

외진 곳에 위치한 이깟 저택쯤.

"개미 새끼 한 마리 남기지 않으면 돼!"

"놈이 알아차렸습니다, 주군."

클라우드의 서재.

이곳의 주인과 그의 충실한 충복 아이게가 함께 있었다.

한데 이곳에 있어야 할 것으로 예상되는 인물이 이 자리에 없었다.

"어린놈이 눈치가 빠르군. 하지만 놈은 호랑이 굴에 들어온 여우에 지나지 않아."

클라우드의 입가에 비릿한 웃음이 감돈다.

그것은 자신을 굳게 믿는 자의 미소였다.

"그는 가공할 능력의 소유자입니다, 주군. 조심하심이."

"아이게, 선친께서 내게 이런 가르침을 내려주셨다. '세상을 지배하는 것은 무력이 아니다!'라고 하셨지. 세상이 소수의 무력자에 의해 좌지우지되었다면 평범한 왕과 영주는 이 세상에 존재하지 않아야 하지. 하지만 세상은 다수의 평범한 자들이 지배하고 있어. 물론 놈은 강하다. 그건 현실이지. 하지만 놈도 이 세상에 속한 일개 피조물에 지나지 않아. 아이게."

"예."

"애송이를 데려와라."

"주, 주군!"

"걱정하지 마라. 아이게여, 내가 누구인가? 난 클라우드
다."

눈부시게 빛나는 클라우드의 자신감 앞에 아이게는 겸허
한 마음으로 그를 향해 고개를 숙인다.

"명을 받듭니다, 나의 빛나는 주군이시여!"

제6장

클라우드 대 딕스

'함정이다!' 라고 느낀 순간 딕스는 전투를 피할 수 없다고 단정했다.

한데 저택의 사람들은 동시에 활발한 움직임을 보였지만 예상과 달리 자신을 향해서 별다른 행동이나 공격을 가해오지 않았다.

의아한 일이었지만 놈들이 움직이지 않겠다면 자신이 먼저 놈들을 전멸시키면 된다고 그는 생각했다.

그 생각을 실천에 옮기려던 그때, 클라우드의 명령을 받든 아이게가 딕스 앞에 나타났다.

정중한 태도였다.

"저택의 집사 아이게라고 합니다, 손님."

"나를 말함인가?"

"그렇습니다. 주인님께서 손님을 모셔오라 하셨습니다. 절 따라오시지요."

아이게의 담담하고 정중한 태도는 딕스에게 여러 가지 생각을 하게 만들었다.

이자를 따라갈지, 아니면 처음 생각대로 '죽은 자는 말이 없다!' 라는 단순하고 명쾌한 논리로써 결과를 만들지를 두고서.

언제든지 싸울 준비를 갖추고 있는 딕스의 주변엔 반투명한 물의 검이 공격을 위해 움츠린 독사처럼 두 눈을 희번덕거리고 있었다.

악명이 자자한 그의 이러한 태도는 상대에게 두려움과 경계를 주기에 충분했다.

한데도 아이게는 이를 보지 못한 듯 줄곧 차분하게 행동했다.

이를 가만히 지켜보던 딕스는 곧 결정을 내렸다.

"내가 이곳에 올 줄 알고 있었단 건가? 흐음, 좋아, 날 손님으로 대접하겠다면 응해줘야지."

제국의 천재 마법사, 클라우드 폰 야니스.

제국인들은 그의 존재 자체를 명예 훈장처럼 자랑스럽게 여긴다.

반면 딕스의 기억 속의 클라우드는… 오만한 햇병아리에 지나지 않았다.

온실 속에서 자란 오만무례한 화초.

하나 시간은, 세월은 잡목도 때론 거목으로 성장시킬 수 있다.

잠시 보아주는 것도 나쁘지 않으리라.

과연 6년이 지난 지금 그에게 비친 자신이나, 자신에게 비친 그의 모습이 어떻게 보일까.

어차피 엎질러진 물이라면 즐기는 것도 나쁘지 않으리라.

"제가 앞장서겠습니다, 손님."

"앞장서라."

복도를 따라 쭉 걸어가며 딕스는 물의 척후를 통해서 저택의 동향을 낱낱이 파악하고 있었다.

확인된 존재감은 총 132명. 이들 모두를 수용하기에 이 저택은 좁다.

그럼에도 이만 한 숫자가 저택에 웅크리고 있음은 역시나 자신의 방문을 놈들이 미리 알고 있었다는 결론으로밖에 도출되지 않았다.

두렵지는 않았다.

삶은 두려움을 느끼는 그 순간 심장이 멈춘다.

살고자 하는 자라면 끊임없이 밀려드는 두려움과 끝까지 맞서야 한다.

그것이 어미의 자궁에서 빠져나온 자들의 숙명이다.

똑똑.

아이게가 노크하자 문 안쪽에서 내방 허락이 떨어진다.

"들어가시지요, 손님."

딕스는 망설이지 않고 실내로 들어갔다.

물의 척후는 이 방 안의 존재감이 클라우드뿐임을 미리 그에게 알려왔다.

제국인들 사이에서 가장 끔찍한 악몽이라 불리는 자신을 초대하고도 홀로 맞이하는 클라우드.

놈을 흘깃 본다.

세월은 자신에게도 그랬듯이 그에게서도 찾아볼 수 있었다.

이십 대 후반에 들어선 클라우드. 그에게서 딕스는 냉철한 관록을 느꼈다.

주인의 양해도 구하지 않은 딕스는 제집 소파에 앉듯이 앉았다.

편안하게 행동하는 그의 모습에 클라우드는 기이한 눈빛을 발하다가 곧 이를 거두었다.

"내 집에 방문한 목적이 무엇이오, 딕스 르 시리우스 백작?"

클라우드는 겁도 없이 딕스의 맞은편에 앉았다.

오만함이라 부르기에는 상대의 태도가 당당하다.

당당함이라고 불러주자.

딕스 르 시리우스.

자신의 풀 네임이 상대의 입에서 자연스럽게 나오는 그 순간 딕스는 하기에의 배후에 클라우드를 유력하게 올려놓았다.

종점에 도착했다.

"하기에를 아나?"

딕스는 곧장 본론으로 치고 들어갔다.

클라우드는 그의 후드가 답답한 듯, 아니면 딴생각을 하는지 약간의 찌푸림으로 뜸을 들였다.

녀석을 그는 재촉하지 않았다.

전쟁이란 무수한 사건이 얽히고설켜서 일순간에 일어나고, 판가름 난다.

조바심이란 불편한 감정이다.

싸울 때가 되면 싸우면 그뿐이다.

담담한 딕스의 태도를 본 클라우드의 두 눈에서 날카로운 이채가 빠르게 스쳐 지나간다.

그것은 곧 부드러운 미소와 음성으로 피어난다.

"그가 세상에서 지워졌더군. 백작의 작품인가?"

"쓸데없는 질문이군. 안 그런가?"

"그렇군. 예전에 백작을 본 적이 있었지. 아마 관도에서일 거야. 그때의 백작은… 미안하지만 그때 내 소감은 어린 쥐

새끼였지. 후후."

피식.

딕스의 입가에 미소가 짙어진다.

"뭐 눈엔 뭐만 보인다는 말이 있지. 대중적으로 알려진 이야기는 아니야. 리안 연합 소수 부족에서 전해지는 그들의 속담이니까. 너의 집사가 나를 손님이라 부르더군. 그렇다면 손님의 입장에서 주인에게 묻지. 정중한 질문이야. 그리고 두 번 다시 듣지 못할 질문이기도 할 거야. 의외로 난 거친 남자거든."

츳츳츳.

딕스의 전신에서 거친 야성의 살기가 뿜어 오른다.

살심과 살기는 다르다.

살심이 드러나지 않은 개인의 마음가짐이라면, 살기는 상대를 옴짝달싹못하게 하는 무형의 힘이다.

이러한 무형의 힘을 딕스는 자유자재로 다스리고 있었다.

이는 강자가 가지는 일종의 부차적인 수입으로 보면 될 것이다.

성난 파도처럼 일어선 살기는 클라우드를 곧장 덮쳐 버렸다.

콱콱콱—!

과연 저 제국의 천재 마법사라는 타이틀을 가진 자는 어찌 반응할까? 딕스는 흥미로운 시선으로 클라우드의 반응을 예의 주시했다.

그의 강렬한 살기에도 녀석의 표정과 행동에서는 불편함
이 전혀 보이지 않았다.

오히려 빙긋 웃는 여유까지 보였다.

하나 이것은 드러난 모습일 뿐, 클라우드의 내심은 경악으
로 몸서리치고 있었다.

'아우셔의 말이 과장이 아니었구나! 대체 어디서 이런 괴
물이……'

딕스, 저 어린 괴물을 어찌 처리할까? 이 자리에서 죽여 버
리는 게 낫지 않을까? 자신이 좀 더 돌아가더라도.

클라우드의 머릿속은 딕스의 처리를 놓고서 치열하게 각
축을 벌이고 있었다.

아직은, 아직은 아니다.

마음을 진정시킨 클라우드는 억지웃음 위로 호탕하게 웃
는다.

"대단하군. 역시 마인 노도인가? 하하."

딕스는 콧방귀를 뀌면서 본론으로 들어간다.

아니, 확인에 들어갔다.

"하기에… 너만의 사람인가?"

"너만이라… 애매한 답을 사전에 제거하는 질문이로군.
뭐, 좋아, 대답하지. 그래, 맞다. 그는 내 수족이었다."

"그렇군. 그래, 네 목적이 뭐지? 너의 이복형 라틴 같은 머

저리 하나 암살하지 못해서 내게 불쾌한 미끼를 던진 건 아니라고 보는데."

쿨 한 딕스는 클라우드가 결코 만만치 않은 인물임을 인정했다.

"칭찬 고맙게 받지. 그럼 나도 질문 하나만 하지."

하나를 주고 하나를 받는다.

딕스에게 이는 나쁜 거래가 아니었기에 순순히 승낙했다.

"해봐."

"말이 통해서 좋군. 제국에 들어온 너의 목적은 뭐지? 제국 정복이라는 허무맹랑한 이야기라면 우습지도 않아. 그러니 진심을 말해주었으면 싶은데."

"그 질문에 대한 내 답의 대가는?"

"진실."

진실이라… 이를 온전히 믿어야 할까? 아니면 비틀어서 생각해야 할까? 잠시 고민하던 딕스는 이 시간을 좀 더 이어가기로 결정했다.

죽이는 건 언제든지 할 수 있으니까.

"나쁘지 않군. 좋아, 말해주지. 난 천벽, 더 정확하게 말하면 그림자 마법사의 말살을 원하고 있다."

"음, 이제까지의 행보는 그들을 목적으로 한 유인책이었군. 놀라운 지략이다."

클라우드의 음성에 처음으로 본심이 담긴다.

그가 그러거나 말거나 딕스는 제 질문을 던졌다.

"아우서도 네 사람인가?"

"그녀에게 양해를 구하지 못해서 말하긴 그렇지만… 뭐, 자리의 특성상 말 안 하면 예의가 아니지. 그래, 맞다."

"흐음, 네 녀석… 반골이로군."

권력과 권위에 저항하는 기개를 일컫는 단어 '반골'.

권력자들에게 이 같은 기질의 인간은 우선 제거 대상이 된다.

반대로 적국의 입장에서는 내부의 고름 같은 클라우드는 박수 치며 격려해야 할 존재였다.

"야심가라고 해줬음 싶은데. 그 단어는 너무 많은 적을 양산하거든. 뭐, 지금도 적은 풍족하지만. 나의 궁금증도 너의 궁금증도 이제 다 해소된 건가?"

물음을 던지는 클라우드의 표정엔 '궁금한 부분이 더 있지 않느냐?'라는 뉘앙스가 담겨 있었다.

녀석을 향해 신경을 곤두세우고 있었기에 딕스는 이 점을 놓치지 않았다.

'뭔가 더 내게 던져 주려는 건가?'

이럴 줄 알았으면 돌아가지 않고 곧장 클라우드를 바로 찾아오는 것인데.

아니다. 녀석에게 자신의 실력을 보여주었기에 어쩜 이 자리가 가능했는지도 모른다.

그러니 자신의 제국에서의 마인 행세는 결코 헛짓거리가
아니다.

"내게 던질 미끼가 있는 것 같군. 던져 봐라. 물을 만하면
물어주지."

딕스의 영리함과, 그리고 그에게서 뿜어지는 자신감에 클
라우드는 이율배반적인 감정을 받았다.

이 자리에서 그를 죽여 버리고 싶은 마음과 자신의 계획에
그처럼 적당한 인물이 또 없을 것이라는 생각.

감정과 이성은 늘 고민을 낳는 법이다.

이는 계산속이 밝은 클라우드 역시 마찬가지였다.

"흠, 탐나는군. 어떤가? 나와 손잡을 생각… 없군."

"미끼나 던져라, 클라우드. 널 오래 보면 내 인내심이 부러
질 것 같으니까."

"나에 대한 적개심이 대단하군. 난 나름 너에게 친절을 베
풀었는데 말이야."

"친절이라. 내 방식의 친절을 네게 이 자리에서 베풀어줄
까? 아, 참고로 내 방식은 단순하고 명확하지."

직설적인 딕스의 어조에 클라우드는 손사래 쳤다.

"알겠다, 너의 진심을. 다음엔 이런 자리에서 더는 널 볼
수 없겠군. 뭐, 좋아, 나도 네가… 싫으니까. 딕스 르 시리우
스 백작, 미끼는 룩센이다. 물 건가?'

클라우드는 딕스가 당연히 이를 물 것이라고 생각했다.

그 생각이 표정에서 역력히 드러난다.

'넌 내 손에 있다!' 라는 자신감.

그의 말에 딕스는 침묵했다.

그의 침묵을 클라우드는 승리자의 마음으로 너그럽게 기다렸다.

체스 판으로 치면 상대는 외통수에 걸려들었다.

이것이 클라우드의 생각이다.

하지만 인생은 입 아프게 늘 말했듯이 반전이란 게 존재한다.

"아쉽군. 아쉬워."

딕스의 모호한 대꾸에 클라우드는 강한 의문을 두 눈에 드러낸다.

대체 무엇이 아쉽다는 걸까? 혹시 자신을 농락하기 위한 연극이 아닐까?

클라우드는 순간 여러 가지 생각을 했다.

저 장막 같은 후드만 아니라면 상대의 표정을 통해 조금이라도 더 많은 단서를 얻을 텐데… 진한 아쉬움을 느끼는 클라우드다.

"무슨 뜻인가?"

"룩센이란 자… 내게 어떤 존재인지 아나?"

예상하지 못한 질문에 클라우드는 당황했다.

그 기색을 급히 추스르며…

"무슨 뜻이지?"

"룩센… 너나 가져라."

주저 없이 문으로 성큼성큼 걸어가는 그의 행동에 클라우드는 한 방 먹은 듯한 표정을 지었다.

그러다 곧 정신을 차렸다.

클라우드가 입을 떼기 전, 문손잡이를 돌리던 딕스가 잠시 동작을 멈추며 고개를 그에게로 돌렸다.

"클라우드, 서로가 밝히기 싫은 부분 하나씩을 공유했다고 난 생각한다. 네가 그 주둥일 나불거리면 내 주둥이도 가벼워질 거야. 그러니 각자의 자리에서 넌 야망을 소신껏 불태워라. 난 내 목적을 위해서 움직일 테니까. 아, 그리고 하기에 같은 놈이 날 찾아오는 일이 없었으면 한다. 그땐 내가 왜 제국인들에게 악몽의 노도라 불리는지 뼈저리게 느끼게 될 것이다."

철컥.

문이 스르륵 열린다.

그리고 그 문 속으로 딕스의 몸이 완전히 사라지려는 찰나, 클라우드가 자리를 박차고 일어나더니 딕스를 향해 소리쳤다.

"그녀는 죽어가고 있다!"

우뚝.

멈춰 선 딕스에게서 의문의 뭉게구름이 피어오른다.

"그녀?"

딕스의 반문에 클라우드는 그가 룩센의 정체를 정확하게 모르고 있음을 깨달았다.

딕스는 룩센이 여자일 것이라곤 단 한 번도 생각하지 않았다.

그랬던 그였기에 클라우드의 말은 꽤나 묵직한 충격을 안겨주었다.

하지만 그 누구라도 룩센과 생활하다 보면 그에 대해 의심의 여지도 없이 남자라고 생각할 것이다.

'그래서 어쩌라고?'

딕스와 클라우드는 서로가 밝히길 꺼리는 부분의 비밀을 하나씩 갖게 됐다.

자고로 비밀은 제 자신만 알고 있어야 두 발 뻗고 자는 법이다.

놈도 자신처럼 심기가 불편할까?

딕스는 잠시 클라우드의 마음을 짐작해 본다.

저도 사람인 이상 자신과 아마 같으리라.

딕스는 이리 단정 지었다.

확실한 적이지만 한편으론 도움이 될 수도 있는 작자다.

천벽의 건물이 잘 보이는 언덕 위 식당에서 딕스는 홀로 식사를 하고 있었다.

최고급 스테이크는 나이프의 가벼운 스침에도 쉽게 잘려 나간다.

오물오물.

양념도 식감도 이보다 더 완벽할 수 없었다.

딕스의 입은 분명 호사를 누린다.

그러나 그의 머릿속은 호사는커녕 수없이 혹사당하고 있었다.

'천벽의 전력 절반이라.'

클라우드는 딕스에게 룩센이란 먹잇감을 통째로 던졌다.

여기에 그림자 마법사들이 매복하고 있을 것이란 것도 덧붙여 알려주었다.

함정이다.

그것도 몹시 위험한.

룩센을 구하고 그림자 마법사 절반을 다 처치한다.

이보다 더 이상적인 성과는 없을 것이다.

그러나 입버릇처럼 말했듯 인생은 늘 반전이 똬리를 틀고 있다.

제국과 자신 사이에서 줄타기를 하는 반골 클라우드. 놈의 목적을 정확하게 알지 못했지만 적어도 거짓말을 지껄일 놈 같지는 않았다.

'놈은 나와 천벽의 상잔을 바라는 걸까? 그래서 그놈이 얻을 이익이란 대체 뭘까?

미끼가 된 룩센이 갇힌 곳은 수도에서 서쪽으로 마차를 타고 하루 반나절쯤 달리면 도착할 수 있는 도시, 드론 외곽의 페슈아 대숲이다.

대(大)숲이란 이름이 붙은 만큼 무척이나 광활한 곳으로, 중대형 몬스터의 활동이 왕성한 곳이기도 하다.

그러한 숲과 가까운 드론. 제국인들은 이 도시를 가리켜 오히려 축복의 도시라 부른다.

페슈아의 혜택을 받으면서도 도시는 단 한 차례도 몬스터의 침공을 받은 바가 없었기 때문이다.

"하하하하, 이 몸이 쏜다니까. 자, 자! 어서 앉자."

조용한 고급 식당의 분위기를 일순 변화시키는 무리의 등장.

한데 그중 한 명의 목소리가 유난히 귀에 익다.

반사적으로 딕스는 소란을 떨고 있는 무리 쪽으로 고개를 돌렸다.

곰처럼 큰 덩치와 송아지처럼 크고 맑은 눈을 가진 행크가 딕스의 시야에 잡힌다.

그를 보자마자 딕스는 순간 눈살을 찌푸렸다.

'이런.'

행크는 딕스를 가난한 시골 청년으로 알고 있다.

그러니 자신의 모습을 행크에게 들킨다면 귀찮은 질문과 눈길을 받을 게 뻔했다.

딕스는 행크가 자신을 볼 수 없도록 상체를 뒤로 젖혔다.

그의 이러한 노력에도 불구하고 행크는 딕스를 발견했다.

"잠깐만 있어봐라. 내가 아는 사람을 본 것 같아."

친구들에게 이리 말한 행크는 곧장 딕스가 앉아 있는 테이블로 걸어왔다.

명색이 제국의 수도다.

그 방대한 규모를 놓고 볼 때 이런 식의 만남은 결코 쉽지 않다.

내심 딕스는 눈살을 찌푸린다.

어딘가에서 클라우드의 수하가 자신을 분명 감시하고 있을 것이다.

그런 상황에서 행크의 등장은 자칫 녀석의 인생에 큰 지장을 불러올 수 있었다.

"혹시 딕스 아니냐?"

창가로 고개를 돌려 버린 딕스는 손으로 제 얼굴을 급히 가렸다.

그의 뒤통수에 대고 행크가 말했다.

내성적이거나 소심한 사람이라면 상대가 이처럼 외면하고 있으면 순순히 물러난다.

안타깝게도 행크는 내성적이지도, 소심하지도 않았다.

테이블을 반쯤 돌아 반대편에 선 행크가 목을 앞으로 쭉 빼내며 딕스의 얼굴을 적극적으로 찾는다.

손의 방향을 이리저리 틀어 행크의 시선을 차단했지만 이도 우스운 일이었다.

상대는 이미 자신을 딕스라 확신하고 있는데.

딕스는 얼굴을 가린 손을 내렸다.

"딕스 맞네. 얀마, 친구가 아는 척을 하면 양심껏 벌떡 일어나 허그라도 해주든가. 아니면 악수라도 해야지."

활짝 웃으며 행크는 딕스의 맞은편에 앉았다.

그러곤 아무렇지도 않게 테이블의 음식을 손으로 주워 먹었다.

"여긴 어쩐 일입니까, 행크 씨?"

한숨을 푹 내쉬며 딕스가 마지못해 말했다.

"친구한테 무슨 씨를 붙이냐? 그건 그렇고, 네가 여긴 무슨 일이냐?"

딕스의 자존심을 고려한 행크는 그의 경제 사정에 대해 언급하지 않았다.

사람은 누구나 가끔씩 제 분수를 넘어서는 짓을 하고 싶을 때가 있다.

행크는 딕스에게 오늘이 바로 그런 날일 것이라 지레짐작했다.

"보시다시피."

식당에 왜 왔겠는가! 당연히 밥 먹으러 오지.

"정말이지 너와 나는 하늘이 맺어준 우정 같다. 딕스, 너

아르바이트 안 할래? 단기 알바로 이 일처럼 수입이 큰 것도 없을 거야. 내가 이 알바 자리 너 주려고 엄청 발품 팔았다. 반쯤 포기했는데 이렇게 만나다니. 하하하, 너 정말 돈복이 있는 놈이다. 그런데 이건 뭔데 이리 맛있냐?"

오드득오드득.

하아.

한숨과 함께 딕스는 고개를 내저었다.

그러곤 행크와 함께 온 일행들을 살폈다.

모두 남자들로, 덩치가 행크 못지않게 컸다.

"저들은 내 동기들이야."

"안 물어봤는데."

"물어봐야 아픈지 아냐. 척이면 착이지. 하하."

"그렇군요. 동기분들이 기다리시는 것 같습니다. 돌아가시는 게 좋을 듯하군요."

"짜식, 거리감 느끼게 말투가 그게 뭐냐? 뭐, 그건 그거고… 너, 아르바이트해라. 아 참, 너 아직 취직 안 됐지?"

딕스는 대답하지 않았다.

이를 행크는 그가 아직 일자리를 구하지 못한 것으로 여겼다.

"야야, 어디 백수가 너 하나뿐이냐. 수도 토박이도 요즘 일거리를 찾지 못해 빈둥거린다더라. 차근차근 알아보면 분명 좋은 직장 구할 수 있을 거야. 암튼 너, 알바해라."

일단 들어보고 거절을 해도 해야 할 것 같단 생각에 딕스는 행크가 추천한 알바가 무엇인지 물었다.

"어떤 일입니까?"

"올해 내가 졸업반이잖아. 그래서 취업을 위해서 명성작 좀 해보려고 동기들과 페슈아 대숲에서 몬스터 사냥을 하려고 해. 걱정 마라. 너보고 싸우란 말은 안 해. 넌 그냥 무기 손질 좀 해주고, 짐 같은 거 지켜주면 돼. 보름쯤 예상하고 있거든. 어때?"

하필 왜 페슈아 대숲일까? 딕스의 내심은 잔뜩 찌푸려지고 있었다.

"글쎄요."

"아직 몸 다 낫지 않았냐? 그래서 주저하는 것이라면 걱정 마라. 내가 더 편한 일 맡길 테니까."

딕스가 많이 아팠던 걸 기억한 행크가 그의 안색을 살피며 말했다.

"제안은 고맙지만 사양하겠습니다. 조만간 면접 볼 곳이 있어서요."

"면접? 흠, 그렇다면 어쩔 수 없지만. 참, 너 머무는 여관이 어디냐?"

"그건 왜?"

"왜긴 왜냐. 내가 전에 술 한잔 찐하게 산다고 했잖아. 사나이 행크, 친구에게 절대 빈말하지 않아. 그러니⋯⋯."

"됐습니다."

"짜식이 소심하게 굴긴. 그래도 주소는 불러줘 봐."

그냥은 일어설 것 같지 않은 행크의 태도에 딕스는 자신이 머물고 있는 여관 주소를 불러주었다.

어차피 곧 떠날 곳이다.

이를 받아 적은 행크는 그제야 그 엉덩이를 의자에서 들었다.

"참, 딕스."

"……?"

"일 있으면 언제든 연락해라."

툭툭.

행크는 딕스의 용기를 북돋아주려는 의도로 그의 어깨에 격려의 손길을 보냈다.

그렇게 제 일행에게 돌아간 후에도 행크의 큰 목소리는 여전히 잦아들지 않았다.

잠시 행크를 바라보던 딕스는 자리에서 일어나 계산대로 향했다.

"손님, 저분이 계산하셨습니다."

종업원의 눈길이 머문 곳을 본 딕스는 미간을 찌푸렸다.

행크가 그새 딕스의 음식 값을 계산해 버린 것이다.

'저 녀석, 정말 날 가난한 촌놈으로 보는 건가? 대체 내 어디에 빈티가……'

내심 고개를 내저으며 딕스는 식당을 나선다.

이런 그를 주시하던 은밀한 눈길이 잠시 행크에게로 향한다.

하지만 이 주시자는 곧 그 자리에서 한 줌의 독수가 되어 흘러내렸다.

눈 뜨고 코 베어갈 만큼 감쪽같은 딕스의 작품이다.

＊　　　＊　　　＊

클라우드의 저택.

"주군, 노도가 수도를 떠났습니다."

아이게가 클라우드에게 딕스의 행보를 보고한다.

홍차를 마시며 클라우드는 입가에 흡족한 미소를 지었다.

"아이게."

"예, 주군."

"폐슈아를 제 발로 걸어 나올 자가 누구일까?"

"객관적으로 봤을 때 노도가 불리하지 않겠습니까. 천벽에서 그를 단단히 벼르고 있으니까요."

"그렇겠지. 하지만 말이야. 놈이 그곳에서 살아남는다면……."

말끝을 흐리며 클라우드는 다시 홍차를 마신다.

컵이 바닥을 보이자 아이게는 능숙한 솜씨로 여기에 차를 채웠다.

다시 한 모금의 차를 입안에 머금다 곧 넘긴 클라우드가 흐렸던 말을 이어나간다.

"녀석의 가치에 걸맞는 선물을 보내줘야겠지."

"무슨?"

"뿔에 나가 있는 로키에게 현 위치에서 대기하라고 전해."

클라우드를 향해 정중한 태도로 허리를 숙인 아이게는 그의 명령을 실행하기 위해 실내를 나선다.

혼자 남은 클라우드.

'그곳에서 승리한다면… 놈이 대적자일 확률이 더 올라가는 거겠지.'

대체 클라우드의 중얼거림은 무슨 뜻일까?

대적자!

세상이 뒤집어질 가공할 비밀이 이 남자의 머릿속에 들어있었다.

*　　　*　　　*

페슈아 대숲은 인간들에게 몹시 험악한 미지의 영역이다.

그곳은 알려진 것보다 알려지지 않은 것이 더 많았으며, 수많은 위험이 곳곳에 산재하고 있었다.

이렇다 보니 이곳의 지리는 숲 외곽 일부만이 세상에 알려져 있을 뿐이다.

이처럼 위험한 곳에 빈손에 가까운 한 남자가 들어와 있었다.

그것도 꽤나 깊숙이.

유난히 큰 후드가 눈에 쏙 들어오는 로브의 남자였다.

'젠장, 사람이 다닐 만한 길이 하나도 없잖아.'

빽빽한 수풀과 위험하게 툭툭 튀어나온 올무 같은 나무뿌리는 마치 사냥감의 방심을 기다리는 맹수와 같았으며, 날붙이를 십수 번 휘둘러야 겨우 한 걸음씩 전진이 가능했다.

장애물이 비단 이것뿐이라면 체력으로 밀어붙일 텐데, 곳곳에는 지뢰처럼 숨어 있는 크고 작은 늪이 개미지옥처럼 도사리고 있었다.

과도한 체력 소모만큼이나 신경도 바짝 곤두서게 한다.

대체 이곳에 사는 몬스터는 어찌 살아가는 것인지 그들의 적응력과 생존력에 혀를 내두르지 않을 수 없다.

흑갈색 나무뿌리에 걸터앉은 딕스는 땀으로 번들거리는 제 얼굴을 닦아내며 와락 인상을 찌푸렸다.

그는 대숲에서 '붉은 목 군락지'를 찾아가는 중이다.

방향은 안다.

하지만 하늘을 뒤덮은 촘촘한 가지와 이파리와 꽉 막힌 듯한 사방으로 인해 이곳에서의 방향감각 유지는 밤하늘의 별을 따는 것보다 더 어려웠다.

입구도 출구도 없을 것 같은 미로. 딕스가 느낀 대숲의 실태다.

갈증을 해소하기 위해 딕스는 물을 생성했다.

이 숲의 물은 함부로 마실 수가 없었다.

웅덩이 혹은 작은 개울물엔 보기에도 흉측하게 생긴 해충들이 몸담고 있었다.

제 한 몸 건사하기도 몹시 버거운 이 험지에서 그의 마법은 생존율을 높이는 데 있어 매우 귀중한 요소였다.

꿀꺽꿀꺽.

갈증을 해소한 딕스는 이에 힘을 얻어 다시 주변을 둘러본다.

마음 같아서는 대기와 지하수를 모조리 끌어올려 숲을 엎어버리고 싶었다.

'시리우스라도 소환해서 길을 뚫어야 하나?

손에 잡힌 물집을 볼 때마다 이런 생각을 수도 없이 했다.

문제는 시리우스가 뿜어대는 강렬한 존재감이다.

고개를 절레절레 내저으며 딕스는 몸을 일으켰다.

그가 숲에 들어온 지 오늘로 일주일. 보통의 인간들은 이곳에서 단 반나절도 버티지 못할 것이다.

그런 곳을 그는 무려 일주일째 단독 돌파 중이다.

바스락.

앞으로 한 발 옮기려던 딕스는 인상을 찌푸렸다.

숲의 몬스터가 또 등장했다.

이 숲의 몬스터는 군집을 이루지 않았다.

하나, 혹은 둘이 움직인다.

놈들은 거미처럼 나무를 잘 타며, 빠르기는 쏘아진 화살과 견줄 정도다.

체구는 크지 않으나 그 힘은 황소 못지않으며, 숲과 동화되는 보호색과 위험천만한 강력한 이빨과 손톱은 무시할 수 없는 흉기였다.

특히 숲과 동화되는 놈들의 능력이 골치 아팠다.

처음 하루 이틀은 물의 척후마저 놈들을 파악하지 못했다.

지금은!

츄아아악.

물의 검이 움직인다.

비좁은 풀 사이를 지나고 나무를 지나 날아간 물의 검.

물의 척후가 지목한 장소를… 벤다.

케에에엑!

첫 상대를 완벽하게 베어버린 물의 검은 곧장 휘어져 동료의 느닷없는 죽음에 당황한 몬스터를 뒤쫓았다.

놈은 빨랐지만 물의 검은 놈보다 더더욱 빨랐다.

몬스터의 항문으로 파고든 든 물의 검이 정수리를 뚫고 솟구친다.

푸확!

임무를 완수한 물의 검은 허공에서 흔적도 없이 사라졌다.

페슈아 대숲. 이곳은 숲 그 자체가 몬스터라고 보면 된다.

미지의 위험한 이 땅에 발길을 들이려는 자, 미쳤거나 무지한 자일 것이다.

이런 곳에 견습 기사에 불과한 행크와 그의 동기들이 온단다.

그들의 강도 높은 운동량이 필시 뇌를 근육질화시켰음이리라.

하지만 곧 그들도 알게 되리라.

세상엔 가지 말아야 할 곳이 분명 존재한다는 것을.

아마 그들이 이곳에 온다면 객기의 참뜻을 알 것이다.

'흠, 녀석과 이 숲에서 마주칠 일은… 결코 없겠군.'

그나마 숲의 위험성과 촘촘함이 딕스에게 사소한 위로가 되어준다.

적어도 이곳에서 행크의 목이 떨어지는 불상사는 일어나지 않을 것이기에.

"우라질… 페슈아."

사회적인 위상과 나이를 고려해 한동안 끊었던 욕이 절로 튀어나오는 딕스다.

*　　　*　　　*

딕스가 페슈아 대숲의 붉은 목 군락지로 서서히 접근하듯 그의 반대편에서도 이곳을 찾아오는 무리가 있었다.

하나 이들은 딕스와 달리 나무를 징검다리 삼아서, 혹은 하늘을 훨훨 날아서 이동한다.

휙휙휙휙—!

범상치 않은 그들의 숫자는 이십!

이들 개개인에게서는 범접할 수 없는 힘과 그보다 더 강렬한 섬뜩한 죽음의 냄새가 물씬했다.

*　　　*　　　*

콰드드득. 우지직, 쿠웅.

아름드리나무 한 그루가 밑동부터 잘려서 쓰러진다.

한눈에 보기에도 육중한 이 나무는 곧 다른 나무에 걸려 기댄 형상이 되었다.

나무와 나무 사이는 커다란 삼각 문이 만들어졌다.

그 문을 향해서 큰 후드 로브의 사내가 걸어간다.

그는 딕스였다.

'이곳이군.'

페슈아 대숲에서 보았던 칙칙한 고동색의 나무와 달리 딕스의 눈앞에 펼쳐진 세상의 나무는 그 몸체가 온통 진한 붉은색이다.

붉은 목 군락지. 드디어 그는 이곳에 도착했다.

두 번 다시 페슈아 대숲에 오지 않으리라. 내심 이를 바득바득 갈아붙였던 그의 노력이 드디어 결실을 맺었다.

다행하게도 이 지역은 그가 지나온 곳처럼 나무와 수풀로 빽빽하지 않았고, 위험한 늪도 없었다.

오랜만에 시야가 탁 트이자 딕스는 여기에 잘 적응하지 못했다.

약간 지친 듯한 그와 달리 그의 수족인 물의 척후는 사방에서 활발하게 활동한다.

룩센을 찾기 위해, 아니, 루세니엘이란 여자를 찾기 위해서.

제자리에 서서 휴식을 취하던 딕스의 고개가 움직인다.

'저쪽이군.'

물의 척후는 두 생명체를 근방에서 포착했다.

몬스터가 아닌 인간이었다.

물의 척후는 정말이지 완소 스킬이란 생각이 점점 탑을 이룬다.

이 스킬이 자신에게 없었다면 어찌 되었을까? 아마 진작 객사하고 말았으리라.

딕스는 곧장 물의 척후가 보고한 장소로 발길을 옮겼다.

그렇게 얼마를 걸어간 딕스는 걸음을 멈추는 것과 동시에 재빨리 나무 뒤로 몸을 숨겼다.

누군가 접근해 오고 있었다.

그것도 매우 빠른 속도. 더욱이 그 위치는 의아하게도 허공이었다.

휘익.

딕스는 나무 뒤로 몸을 숨기곤 동북쪽을 응시했다.

다행히 이곳의 나무들은 하늘 전체를 가리지는 않았다.

퍼즐의 조각 같은 하늘을 그는 뚫어지게 바라보았다.

한참을 그렇게 허공을 예의 주시하고 있던 딕스는 한 무리의 날아다니는 인간을 볼 수 있었다.

바람이나 불 계열의…

'그림자 마법사들이군.'

딕스의 인상이 휴지처럼 와락 구겨진다.

그 자리에 서서 가만히 지켜보니 눈으로 확인된 숫자만 13명이었다.

물의 척후는 여기에 일곱 명을 더해서 20명이라고 한다.

당연히 그는 후자인 물의 척후의 보고를 신뢰했다.

이십 명의 그림자 마법사!

부담을 느끼지 않을 수 없는 숫자다.

놈들의 기척이 멀어지자 그제야 딕스는 숨어 있던 나무 그늘에서 걸어 나왔다.

"여기서 과연 누가 살아서 돌아갈까? 훗, 결코 너흰 아닐 것이다."

두 다리에 힘을 부쩍 주면서 그는 움직인다.

사냥감을 향해 살금살금 다가가는 육식동물처럼.

*　　　*　　　*

생명력이 다한 거대한 나무 안쪽.

그 한 면에는 사지에 못이 박힌 루세니엘이 붙박이장처럼 박혀 있었다.

그녀의 몸은 끔찍하게도 투박하고 거친 나무껍질로 뒤덮여 있었다. 썩은 나무에 자생하는 버섯 균처럼.

아우셔는 한참 동안 루세니엘을 바라보다가 고목나무 실내에서 밖으로 나왔다.

누군가 그녀를 바라보며 채근했다.

"아우셔, 벽주께선 그녀를 데려오라고 하셨다."

"그래서 지금 그녀를 데려가겠다는 건가요, 타지마?"

아우셔의 퉁명한 어조에 타지마라 불린 남자는 눈살을 찌푸린다.

타지마는 속이 텅 빈 고목나무를 바라본다.

앞서 그는 루세니엘의 상태를 확인했다.

루세니엘을 저 고목나무에서 떼어다 천벽으로는 데려갈 수 있다.

살아 있는 루세니엘이 아닌 죽은 루세니엘을.

벽주는 살아 있는 루세니엘을 원하고 있다.

그렇다고 언제까지나 이곳에서 기다리고 있을 수만은 없었다.

"그녀는 죽어가고 있다, 아우서."

"나도 눈은 있어요. 어차피 그녀는 이동이 불가능해요. 벽주께도 보고했듯 노도가 이리로 오고 있어요. 그녀를 구출하기 위해서. 어차피 살려서 그녀를 데려갈 수 없다면 차선책으로 천벽의 골칫거리인 노도의 목을 가져가는 게 낫지 않겠어요?"

"확실한 거냐?"

"나도 이곳이 싫어요, 타지마."

"휴우, 나는 정말 모르겠다. 루세니엘의 배신도 그렇고 노도에게 당한 그들 역시 난 이해할 수 없다. 한낱 마인 따위에게."

아우서는 타지마의 발언에 화가 났다.

겨우 화를 가라앉힌 아우서.

"우리가 약한 게 아니라 놈이 비상식적으로 강한 거예요, 타지마. 이를 감안했기에 벽주 역시 당신들을 파견한 거겠죠. 그러니 불만은 훗날로 미루세요."

타지마는 못마땅한 눈으로 아우서를 보다가 곧 몸을 돌려 세웠다.

루세니엘이 갇혀 있는 고목나무 주변에는 그림자 마법사

들이 짝을 이루어 매복 중이었다.

대체 언제까지 이러고 있어야 하는지.

모든 그림자 마법사들이 내심 불만에 차 있었다.

불만에 가득한 이들을 누군가 지켜보고 있다.

그는 딕스였다.

놈들보다 하루하고 반나절 늦게 그는 이곳에 도착했다.

아무래도 걸어서 오다 보니 놈들보다 시간이 더 걸린 것이다.

'으음, 숫자가 너무 많은 데다 매복도 촘촘해서 저 안으로의 잠입은 힘들겠어.'

결론은 하나뿐이다.

아우서를 포함한 그림자 마법사의 숫자는 21명. 그들을 전멸시키지 않는 한 방법은 없었다.

실제 저들 개개인은 상대가 딕스라서 그렇지 결코 만만한자들이 아니다.

그런 놈들이 무리를 이루고 있다.

아무리 딕스라도 선제공격을 가했다간 필패뿐이다.

딕스는 그림자 마법사들을 상대할 방법을 강구하느라 3일내내 저들을 관찰하며 계획을 세웠다.

그의 계획은 페슈아의 몬스터들을 이용하는 것이었다.

문제는 어떻게?

하나 이것은 그에게 문제 되지 않았다.

한동안 잊고 있었던 문제의 그 돌!

아쥬르 사막의 고블린들을 미치게 만들었던 유백색의 돌이 있었기에.

사용법은 일전에 쌍마가 사용하는 것을 보았기에 기억하고 있었다.

작전을 위해서 그는 뒤로 몸을 빼낸다.

*   *   *

오늘따라 페슈아의 밤은 한 치 앞도 분간하기 힘들 만큼 몹시 어두웠다.

하지만 그림자 마법사들과 딕스에게 이 어둠은 별다른 장애가 될 수 없었다.

또한 이 숲에서 살아온 생명들에게도.

화르르륵.

불꽃처럼 거대한 살기가 숲을 감싸기 시작했다.

열풍과도 같은 이 살기에 그림자 마법사들이 다들 흠칫하며 몸을 일으켰다.

루세니엘의 상태를 지켜보고 있던 아우서가 굳은 얼굴로 밖으로 뛰쳐나왔다.

살기는 마치 걷잡을 수 없는 산불 같았다.

심각한 표정으로 타지마가 아우서에게로 다가온다.

타지마와 그림자 마법사들은 아우셔로부터 노도의 전투력에 대해 귀에 딱지가 앉도록 들었다.

처음엔 콧방귀도 끼지 않았던 그들도 하도 듣다 보니 자신도 모르게 다들 물과 관계된 것들을 경계하고 있었다.

오죽했으면 자연적으로 발생한 안개까지 바람으로 날려 버리거나 불을 이용해 증발시켜 버렸다.

21명이나 되는 그림자 마법사 중 바람과 불을 다루는 그림자 마법사는 무려 아홉 명이나 있었다.

이들의 강력한 초기 대응은 딕스에게 상당히 불리한 조건이었다.

놈들이 처음부터 이러지 않았다면 딕스의 계획에서 숲의 몬스터는 물론 유백색 돌의 사용도 들어 있지 않았을 것이다.

츳츳츳츳.

"조짐이 심상치 않군."

타지마의 말에 아우셔는 잔뜩 찌푸린 얼굴로 동감을 표했다.

딕스를 만나기 전까지 아우셔는 자신을 위협하고 두렵게 할 존재는 없다고 믿었다.

몇몇이 있었지만 그들이 자신을 위협할 리 없기에 그녀는 이를 생각조차 하지 않았다.

그랬던 그녀에게 딕스는 끔찍한 천적이었다.

"타지마, 경계의 수위를 더 올리세요. 오늘 밤, 일이 터질 것 같아요."

"말은 해두었다. 이게 노도의 작품일까?"

살기의 크기와 넓이는 더욱더 커지고 있었다.

마치 숲 전체가 살기로 똘똘 뭉쳐진 것 같았다.

이젠 숨구멍이 막힐 지경이다.

아우서, 타지마, 그 외 그림자 마법사들 역시.

"모르겠어요. 놈은⋯⋯!"

아우서는 제 말을 채 끝맺지 못했다.

무시무시한 푸른 눈빛들이 사방을 빼곡하게 포위하고 있었기 때문이었다.

그녀가 반응하기 전에 푸른 눈빛들이 세찬 파도처럼 밀려들었다.

나무와 나무를 타고, 혹은 지면을 바짝 엎드려 기어온다.

"어라, 몬스터잖아."

어둠과 동화된 몬스터들은 특급의 암살자처럼 파악이 쉽지 않았다.

하지만 이들은 그림자 마법사들이다.

불과 바람과 대지와 물의 힘이 일순간 이들에게서 뿜어지더니 몬스터의 선봉을 순식간에 휩쓸어 버렸다.

쩌저적! 쩍쩍!

화르륵!

쒸이이이잉!

촤아악!

놈들이 일제히 발출한 강대한 그 힘은 딕스의 마나를 희석시켰다.

저들의 관심이 한곳으로 쏠린 그 틈을 딕스는 놓치지 않았다.

강맹한 공격이었지만 몬스터는 전멸하지 않았다.

유백색 돌의 능력으로 잔뜩 흥분한 몬스터는 평소보다 더 강력한 힘과 속도, 그리고 무모함을 자랑하고 있었다.

그림자 마법사들의 얼굴에 당혹감이, 아니, 어처구니없는 기색이 스친다.

"저것들이 미쳤나? 하반신이 날아가고도 달려들다니!"

"뭐, 뭐야? 약이라도 빤 건가?"

"크크, 약쟁이, 그건 네 전매특허잖아."

"쓰읍, 헛소리 지껄일 시간 있으면 저 거지같은 것들이나 막아."

"심심한데 잘됐군. 내기할까?"

"내기?"

"누가 더 많이 잡는지."

"흥미롭군. 상품은?"

"상대가 원하는 거 한 가지."

두 그림자 마법사의 대화는 다른 이들까지 솔깃하게 만들었다.

두 명씩 한 조로 움직이던 이들은 제 파트너에게 내기를 걸었고 간단하게 내기가 성립됐다.

딕스에게 이들의 승부욕은 호재로 작용한다.

"간다!"

"흥! 내가 질 것 같으냐!"

"이놈들아, 다 내게로 오너라! 으하하하!"

그림자 마법사들은 몬스터를 한 마리라도 더 죽이기 위해서 날뛰었다.

평소보다 몇 곱절이나 흉포해진 몬스터였지만 그림자 마법사들의 위력 앞에서는 바람 앞의 촛불에 지나지 않았다.

키에에엑!

켁!

끄에에—!

저 혼란의 아비규환의 세계로 누군가 뛰어들었다.

오우거 두 마리의 상체를 순식간에 으깨 버린 한 그림자 마법사가 흠칫한다.

이질적인 느낌을 받아서였다.

"……!?"

아우서로부터 노도의 위험성을 귀에 못이 박히도록 들었기에 이자는 잔뜩 경계하며 주변을 살폈다.

그때였다.

"날 찾나?"

등 뒤에서 편안한 느낌의 목소리가 액체화된 마법사를 찾아왔다.

이에 흠칫 놀란 그림자 마법사가 몸을 돌렸다.

그러나 그는 제 몸을 온전히 돌리기도 전에 소름 끼치는 일을 경험했다.

"헉!"

육신이 제 의지와 상관없이 멋대로 움직인다.

그래, 이쯤은 그럴 수 있다고 칠 수 있다.

문제는 멋대로 움직이는 육신이 누군가에게 흡수되는 것이었다.

사람은 매일 물을 마신다.

이를 당연하게 생각한다.

하지만 물의 입장에서 생각해 보라.

인간처럼 물도 생각과 감정을 갖고 있다고 말이다.

그림자 마법사는 거대한 공포와 당혹감에 직면했다.

빠져나오려고 아무리 발버둥 쳐도 몸이 말을 듣지 않았다.

이자는 제대로 된 비명 한 번 속 시원하게 질러보지 못하고 딕스에게 흡수됐다.

'한 번이 어려운 법이지.'

돌아선 딕스의 눈빛이 냉혹하게 번뜩인다.

그는 다음 표적을 향해서 몸을 날렸다. 장내의 혼란이 진정되기 전에.

물의 검이 어둠 속에서 그림자 마법사들을 처리하기 시작
했다.

경쟁이 붙어서 주변을 신경 쓰지 않았던 그림자 마법사들
이 하나둘 지상에서 사라져들 간다.

그 속도는 점점 빨라졌다. 이 상황에 딕스가 점점 익숙해질
수록.

"크아아아아아―악!"

몬스터의 비명이 충천하던 곳에서 인간의 비명이 터졌다.

하나가 아니었다.

"으아아아악!"

"저, 적이다! 크악!"

딕스는 자신과 같은 계열인 물의 그림자 마법사는 특별히
보듬어(?) 주었다.

놈들은 딕스에게 살아 있는 영약이었다.

뒤늦게 상황을 파악한 아우서와 타지마.

"모두 중앙으로 모여라!"

"모두 모여요!"

이들의 개입은 늦은 감이 없지 않았다.

아니, 딕스가 너무 빠르고 강했다.

액체화 상태의 그림자 마법사를 흡수할 수 있다는 것과 이
를 통해 자신의 능력이 향상됨을 딕스는 알고 있었다.

이들을 흡수하면 포만감이랄까? 아무튼 그러한 느낌이 이

전보다 훨씬 강하게 들었다.

이는 그의 내부에 변화를 일으키는 주요 원인으로 작용했다.

마나의 확장과 물의 오메가의 진화라는 긍정적인, 장려할 만한 요인이 되어주었다.

딕스는 천벽의 그림자 마법사 중에서 물의 마법사만 우선적으로 골라 그들을 모조리 흡수해 버렸다.

한데 과식일까? 세 명의 그림자 마법사를 흡수한 순간 딕스는 심한 오한과 두통을 느꼈다.

이는 급체할 때 나타나는 현상과 흡사했다.

'이런 일은 없었는데?'

딕스의 얼굴에 당혹감이 떠올랐다.

나머지 놈들을 처치하려는 순간 찾아온 뜻하지 않은 복병으로 인해 더 이상의 전투를 지속할 수 없었다.

장내의 상황은 운이 따라주었기에 그가 계획한 그 이상으로 큰 성과를 거두었다.

일단은.

제7장

루세니엘의 선물

"아우셔, 이건 이상하다. 몬스터들이 아무리 흉포하다 해
도 이건 말이 안 돼!"

자신을 향해 달려들던 몬스터 둘을 완전히 부숴 버리며 타
지마가 소리쳤다.

아우셔 역시 상황은 그와 별다르지 않았다.

세 마리의 몬스터를 갈가리 찢어버린 아우셔가 찌푸린 얼
굴로 타지마의 말에 대꾸한다.

"타지마, 이 현상의 배경에는 아무래도 훈의 매개물이 사
용된 것 같지 않아요?"

그녀의 말에 타지마가 고개를 돌려 아우셔를 본다.

그것이 상대의 빈틈이라 느낀 주변의 몬스터들이 타지마를 향해 곧장 몸을 날렸다.

하지만 놈들은 타지마의 옷자락 하나 건들지 못했다.

지면에서 솟구친 땅의 창이 놈들을 꼬치로 만들었기 때문이다.

폭음 같은 비명이 귀청을 때린다.

"이곳에 광전사의 술이 발동했단 말이냐?"

"이 현상과 딱 맞아떨어지는 상황이잖아요."

아우셔의 말에 타지마는 새삼 주변을 보았다.

페슈아 대숲의 몬스터들이 대단하다지만 그림자 마법사의 상대는 아니었다.

그럼에도 상당수의 동료를 잃었다.

이는 접시 물에 코 박고 죽을 확률이다.

상대가 몬스터라는 전제하에서는.

"또 다른 배신자일까?"

타지마는 중앙에 모여 몬스터를 처리하고 있는 동료들의 면면을 재빨리 살피며 말했다.

아우셔는 고개를 내저으며 말했다.

"우리에게 배신이란 감정이 존재하던가요?"

"루세니엘이……."

타지마의 눈길이 거대한 고목의 틈을 응시한다.

크아아앙!

캬오오!

몬스터들의 흥분은 더욱더 심해졌다.

놈들은 악착같이 그림자 마법사들에게 달려들었다.

제 동족의 참혹한 죽음 따위 몬스터들은 개의치 않았다.

한데 뭉친 그림자 마법사들은 철옹성이었다.

그 성은 너무도 높고 단단했다.

몬스터 중 단 하나도 이 벽을 넘지 못한 채 죽어나갔다.

딕스는 장내의 상황을 냉철하게 주시했다.

그림자 마법사의 군집과 고목나무의 틈은 대각선으로 5미터 남짓이다.

보통의 상황이라면 어둠과 혼란이 두꺼운 장막이 되어줄 수 있는 거리였다.

하지만 상대가 그림자 마법사이다 보니 이를 믿고서 저 고목나무 안으로 잠입하기가 여간 꺼려지는 게 아니었다.

여기다 과식(?) 탓인지 몸 상태도 좋지 않았다.

'젠장, 무모하지만……'

여분의 백색의 돌은 딕스에게 없었다.

또한 인근의 몬스터는 오늘 저 그림자 마법사들에게 모조리 제거당할 테니 돌이 있더라도 지금과 같은 효과는 보기 어려웠다.

딕스는 상황을 보다 면밀히 살핀 뒤 고목나무를 향해 내달렸다.

엷은 물의 막으로 기척을 감추긴 했지만 그의 한 걸음 한 걸음은 외줄을 타듯 매우 조심스러웠다.

불행 중 다행이랄까? 딕스는 들키지 않고 고목나무 내부로의 잠입에 성공했다.

입구 옆 벽에 몸을 붙인 채 밖의 동정을 재빨리 살핀 딕스는 주변으로 시선을 던졌다.

그러다 한곳에 시선이 고정됐다.

나무껍질로 만든 공예품이랄까? 놀랍도록 정교한 전신상이 나무 벽에 박혀 있었다.

'엘픈가? 흠, 작품성은 있군.'

명작이라 불리어도 손색이 없는 작품이다.

하지만 그의 목적은 작품 감상 따위에 있지 않았다.

잠시 고정되었던 그의 시선이 다시 주변을 살핀다.

내부에 주목할 것은 아무것도 없었다.

여성용 옷가지와 일상 용품 한두 개가 전부였다.

순간 딕스는 괜한 심력과 위험을 감수했다는 생각에 제 머리를 살짝 쥐어박으며 자책했다.

그렇게 실망을 안고 빠져나가려던 찰나였다.

[딕스.]

귀로 듣는 육성이 아니었다.

이에 깜짝 놀란 딕스는 재빨리 몸을 돌렸다.

주변을 샅샅이 뒤졌지만 아무것도 없었다.

몇 차례 주변을 둘러보던 딕스는 인상을 구겼다.

상태가 좋지 않아 환청을 들었나 보다고 생각한 딕스는 밖의 동정을 살핀다.

[딕스.]

다시 예의 그 음성이 머릿속에 들린다.

환청 따위가 아니다.

"누구냐?"

[맞구나.]

"사람이면 나타나고, 유령이면 지옥으로나 꺼져라."

[여전하네, 넌.]

딕스는 눈살을 찌푸렸다.

육성이면 소리의 근원을 찾기라도 할 텐데, 머릿속에서 음성이 들리다 보니 알아볼 방법이 없었다.

그때 나무껍질로 만든 듯한 엘프 조각상이 딕스의 눈에 들어온다.

어이없는 표정과 함께 딕스는 내심 고소했다.

세상이 아무리 막장화되어 가도 그렇지 어찌 조각상이 말을 하겠는가.

딕스의 시선은 곧 다른 곳으로 이동했다.

괜히 들어왔다 싶다.

[역시 운명인가 보다, 너와 나.]

막 몸을 밖으로 빼내려던 딕스는 처연한 느낌이 물씬한 이 음성에 그 기회를 놓치고 말았다.

몬스터의 비명과 포효가 빠르게 줄어들고 있었다.

여기서 더 시간을 끌었다간 밖에 있는 그림자 마법사들과의 충돌을 피하기가 어려울 듯했다.

몸 상태가 최고여도 걱정되는 숫자다.

하물며 과식의 여파로 지금은 몸 상태가 영 좋지 않았다.

[잘 들어. 난 곧 소멸될 거야.]

이 말이 끝남과 동시에 나무껍질로 만든 엘프 조각상에 금이 쩍쩍 가더니 표피를 떨어뜨린다.

소멸이란 말이 떨어짐과 동시에 조각상에 이상이 생기자 딕스는 미지의 음성과 저 엘프 조각을 연관 지었다.

조각상을 바라보는 딕스의 눈빛이 점점 무거워진다.

클라우드가 만일 진짜 미끼를 던졌다면, 그리고 놈은 룩센이 여자라고 분명하게 말했다.

저 조각상은 인간이 아니지만 성별은 여(女)!

"…다음부턴 과식하지 말아야겠군."

미쳐도 곱게 미쳐야지. 어찌 룩센과 저 조각상을 연결 짓는단 말인가.

사람이 어찌 조각상이 될까?

딕스는 그리 생각했다.

룩센이 여자인 것은 인정할 수 있다.

그렇지만 룩센이 엘프? 이는 지나가는 개도 웃어 자빠질 일이 아닌가.

하지만 인생은 말이다. 딕스 본인도 잘 알듯 반전과 역전이
존재한다.

[여기, 조각상이 나다, 딕스.]

"……."

한동안 딕스는 말을 잃어버렸다.

룩센은 딕스에게 세계의 진실과 그 그릇에 대해 언급했었다.

당시 딕스는 이를 미친 자식의 헛소리로 치부하며 귀담아
듣지 않았다.

그랬던 딕스는 룩센, 아니, 루세니엘의 말을 굳게 믿게 되
었다.

조각상이 되어버린 루세니엘의 영혼은 그 안에서 힘을 잃
고 있었다.

그녀의 마지막을 딕스는 지켜보았다.

그녀가 떠나며 딕스는 세계수의 눈물을 그녀로부터 전해
받았다.

룩센, 아니, 루세니엘이 말한 세계의 진실은 전설로 떠돌던
바로 그 세계수의 눈물이었다.

그 눈물은 지금 딕스의 심장에 둥지를 틀었다.

훗날 이 세계수의 눈물이 역천의 존재를 알려줄 것이라고
그녀는 말해주었다.

그 역천의 존재를 소멸시키는 것이 딕스의 운명이란 말도.

루세니엘은 그에게 이 모든 걸 알려준 뒤 그렇게 떠나 버렸다.

다시는 돌아올 수 없는 세계로.

제 심장에 안착한 세계수의 눈물. 그의 손이 제 심장 어림을 쓰다듬는다.

평소와 다름없는 느낌이다.

불편함 역시 없다.

오히려 이전보다 몸이 더 가뿐해지고 맑아진 느낌을 받았다.

몸을 바로 앉힌 딕스는 명상에 들어갔다.

간밤에 흡수한 물의 그림자 마법사들, 그리고 이전에 흡수한 자들까지 그의 내부에서 독립된 힘으로 남아 있었다.

때문에 이들의 힘을 딕스는 제힘으로 완전히 사용할 수 없었다.

고작 물의 검이 전부였다.

한데 응축된 그 각각의 힘들이 지금 오메가 핵을 중심으로 빠른 속도로 결합하고 있었다.

고집스럽게 방황하던 녀석들이 순한 양이 되어 고분고분해졌다.

딕스는 이 현상을 세계수의 눈물과 밀접한 연관이 있을 것이라 추측했다.

그의 생각은 틀리지 않았다.

세계수의 눈물은 강력한 인도자가 되어 딕스가 그간 흡수한 물의 힘들을 오메가 핵으로 안내, 아니, 끌고 와서 건넸다.

오메가 핵은 굴복한 이 힘들을 받아들이며 빠른 속도로 성장했다.

위이이이이잉!

오메가 핵을 감싼 다섯 개의 띠에 변화가 생긴다.

다섯 개가 하나가 되었다.

그 강력한 하나는 묵직한 진동을 보인 뒤 힘차게 분열했다.

하나에서 둘이 되었고, 둘에서 넷이 되었다.

그리고 넷에서 한번 크게 용틀임을 하더니 두 개의 띠를 더 토해냈다.

여섯 개의 띠!

띠 하나하나는 다섯 개의 띠가 가진 힘만큼이나 강력한 힘을 내포하고 있었다.

그러한 것을 오메가 핵은 무려 여섯 개나 제 몸에 둘렀다.

그 힘은 곧장 딕스의 전신으로 파고들며 그의 신체를 최상의 상태로 변모시켰다.

파아아아앗!

슈아아아아아압!

딕스를 중심으로 거대한 마나가 페슈아 숲을 내달린다.

아우셔를 비롯한 그림자 마법사들은 폭풍 같은 마나의 기세에 화들짝 놀랐다.

서로를 응시하던 자들이 일제히 마나 폭풍의 진원지로 몸을 날렸다.

순식간에 현장에 도착한 이들은 신비로운 빛에 휘감긴 로브의 사내를 보게 되었다.

"노, 노도!"

빛무리에 휩싸인 딕스를 단숨에 알아본 아우셔의 입에서 억눌린 신음이 터진다.

노도!

이 이름을 그 누가 모르랴.

더욱이 여기 선 자들 모두 그를 잡으러 왔음인데.

아우셔의 확인이 떨어지자 타지마는 전의를 불태운다.

다른 이들도 그 못지않게 투지를 드러냈다.

폐슈아 대숲에서의 지긋지긋한 기다림을 드디어 끝낼 때가 왔다.

다들 패배 따위는 생각에 두지 않았다.

딕스를 감싼 신비로운 빛무리가 이상하고, 그에게서 뿜어지는 마나의 기운이 강대했지만 모두들 자신들이 압도적인 우위에 있다고 여겼다.

"놈을 죽여라!"

타지마가 목소리를 높인다.

그의 목소리는 병사들의 사기를 북돋는 전장의 북고처럼 컸으며, 그에 버금가는 효과를 내기도 했다.

그림자 마법사들은 각자의 특기를 자랑하듯 내보였다.

완성된 강력한 힘들이 딕스를 향해 쇄도했다.

두 눈을 내리감은 딕스는 이를 모르는 듯 여전히 제자리를 지키고 있었다.

이에 타지마는 내심 회심의 미소를 지었다.

'타이밍이 참으로 적절했구나! 크크.'

보통 벽을 만난 자들은 외부의 자극에 취약하다.

한데 노도는 이 험지에서 그 벽을 만나 지금 한창 씨름하고 있다.

타지마는 그리 생각했다.

뭐, 그의 생각이 틀리지는 않았다.

그러나 타지마가 모르는 것이 있었다.

딕스가 마주한 벽이 일반적인 것과는 완전히 다르다는 것을 말이다.

이글거리는 불의 소리, 씩씩한 땅의 포효, 세찬 물의 용틀임, 간담을 서늘하게 만드는 날카로운 바람의 질주.

이 모든 것들이 오직 단 한 사람을 파괴하기 위해서 쏟아진다.

마인 노도.

지상에서 그의 이름이 사라지려는 순간이다.

눈에 보이는 모든 것들이 완벽하게 그의 말살을 증명하고 있다.

무방비 상태로 보이는 딕스.

그랬던 그가 평온한 표정으로 벼락같은 안광을 발출하며 눈을 뜬다.

딕스를 감싼 신비로운 빛무리는 감쪽같이 사라지고, 그 자리를 물의 검이 차지했다.

그 숫자는 여섯!

이전 딕스가 사용하던 물의 검과 지금의 물의 검은 숫자에서, 그리고 힘에서 큰 차이를 보였다.

저 물의 검 하나하나엔 무려 6서클 마법의 힘이 담겨 있었다.

지금의 딕스는 6서클의 강력한 동지의 비호하에 있는 것이다.

그 힘들은 자신들의 근원인 딕스를 지키기 위해서 전광석화처럼 움직였다.

물의 검들은 제 근원을 위협하는 적들을 일소해 버렸다.

땅이 깨지고, 바람이 얼어서 터진다.

물은 더 강력한 우위의 물 앞에 강제 흡수당했으며, 불의 힘은 변변한 저항도 없이 제압당한다.

눈앞에서 벌어진 이 일련의 놀라운 사태에 그림자 마법사들은 경악했다.

"본신의 능력을 개방해요! 당장!"

당황하긴 아우서도 마찬가지였다.

하지만 앞서의 경험을 토대로 아우서는 놀람과 떨림과 격정과 두려움을 억누르며 동료들의 경각심을 촉구했다.

타지마가 먼저 정신을 차렸다.

물의 검은 놀고 있지 않았다.

"크아아아악!"

"컥!"

두 명의 그림자 마법사가 순식간에 살해당한다.

여섯 개의 물의 검 중 두 개의 검이 보복의 과실을 얻었고, 나머지 네 개의 물의 검은 보복에 실패했다.

그림자 마법사들의 수준과 그들의 능력은 6서클의 막강한 마력이 담긴 물의 검조차 쉽게 그 생명을 제압하지 못했다.

전투는 이제부터가 시작이었다.

본격적인!

'이놈들이!'

딕스의 두 눈에서 강렬한 안광이 터진다.

페슈아 대숲을 이루는 중요한 요소인 크고 단단한 나무들은 그림자 마법사들이 제힘의 근원으로 돌아가 그 힘을 휘두르자 썩은 나뭇가지처럼 부서지고, 터져 나갔다.

꽝꽝한 폭음과 숲의 파편들이 어지럽게 날아다녔다.

눈조차 뜨기 힘들고, 숨조차 제대로 쉴 수 없는 상황이었다.

어둠이 내린 숲은 충격에 빠졌다.

야조들이 일제히 날아올라 밤하늘을 더욱더 검게 물들였으며, 제 둥지에 들어가 있던 다양한 동물들은 꽁지에 불이 붙은 망아지처럼 놀라서는 사방으로 달아났다.

푸드드득.

두두두두두.

"시리우스!"

5서클의 골렘에서 6서클의 골렘으로 거듭난 시리우스.

페슈아 대숲에서 처음으로 그 위용을 드러낸다.

딕스의 전방에 등장한 5미터 거구의 물의 골렘. 녀석의 전신에선 전보다 더 강력한 힘이 뿜어지고 있었다.

폭풍 같은 기세를 담은 바람의 그림자 마법사, 단단함이 강철에 뒤지지 않는 바위의 화신이 된 땅의 그림자 마법사.

이 둘과 시리우스가 격돌한다.

이들이 충돌한 지점에서 사방으로 그 충격파가 해일처럼 퍼져 나갔다.

콰르르르릉.

우두둑.

수백 년 이상을 대지에 뿌리를 내리고 살았던 거대한 나무들이 충격파에 휩쓸려 꺾이다 곧 묵직한 소리와 함께 부러져 사방으로 비산한다.

나무의 파편 하나하나가 위험한 암기가 되었다.

물의 보호막을 여러 겹 생성한 딕스에게도 암기의 파도가 들이닥쳤다.

팍팍팍팍ㅡ!

'크흑!'

묵직한 신음과 함께 딕스의 몸은 배트에 맞은 공처럼 뒤로 튕겨 나갔다.

이 일대의 나무들이 모조리 박살 난 상황이라 그의 육신은 부딪침 없이 무려 수십 미터나 후방으로 쭉 미끄러졌다.

딕스를 보호하던 물의 보호막 상당수가 이 충격으로 사라졌다.

오직 하나의 물의 보호막이 제 주인의 육신을 사수하고 있었다.

전장의 중심지에서 이탈한 그를 향해 두 그림자 마법사가 날아들었다.

둘은 바람의 그림자 마법사였다.

그 속성에 부합하듯 이들의 속도와 회피는 발군이다.

전장의 중심에서 튕겨 나간 딕스는 자신을 향해 곧장 날아오는 두 그림자 마법사를 흘낏 본 뒤 재빨리 전황을 살폈다.

여섯 개의 물의 검과 시리우스가 아우셔를 비롯한 나머지 그림자 마법사와 백중세를 이루고 있었다.

지금은 어느 누가 더 강한지, 그리고 이 승부의 결과가 어디로 흘러갈지 예상하기 힘들었다.

침착한 딕스와 달리 아우셔와 타지마를 비롯한 그림자 마법사들은 다들 기함하고 있었다.

적은 하나이나 하나가 아니었다.

이렇다 보니 다수의 우위를 제대로 발휘하지 못했다.

이는 그들 스스로 단 한 번도 생각해 보지 못한, 그야말로 어이없는 상황이었다.

한편으론 이것이 이들의 가슴속 깊은 곳에 두려움의 싹을 틔운다.

"이 괴물 같은 놈! 오늘 이곳이 너의 무덤이 될 것이다!"

딕스에게 접근한 바람의 그림자 마법사가 소리친다.

거대한 바람에서 흘러나오는 그 목소리가 참으로 섬뜩하다.

정면의 강맹한 바람의 덩어리, 측면을 노리는 흉맹한 바람.

모두 딕스의 목숨을 빼앗기 위해서 혼신의 힘을 쏟아내고 있었다.

쐐애애애액!

딕스의 주력은 물의 검과 시리우스다.

그 외 그가 자랑하는 마법은 안개에 첨가물을 섞어 상대를 쥐도 새도 모르게 재우거나, 혹은 녹여 버리는 마법이다.

문제는 그의 이 기술이 두 바람의 그림자 마법사 앞에서는 무용지물이라는 데 있었다.

거대한 나무조차 뿌리째 뽑아 날려 버리는 강맹한 바람인 이들 앞에서 입바람에도 훅 날아갈 안개를 들이미는 짓은 기름을 지고 불속으로 뛰어드는 어리석은 일이다.

그러니 이를 사용할 수는 없었다.

그렇다고 최전방에서 다수의 그림자 마법사를 견제하고

몰아붙이는 물의 검과 시리우스를 불러들일 수도 없는 노릇이다.

이들을 불러들인다 하더라도 시간이 문제다.

그 순간에도 강맹한 힘이 실린 두 줄기 바람은 딕스를 향해 무서운 속도로 짓쳐 들었다.

앞서의 충격파로 소실된 물의 보호막이 있다손 치더라도 지금의 저 힘 앞에 순식간에 부서질 것이다.

두 바람의 그림자 마법사가 날린 힘은 그만큼 위험하고 강력했다.

'적중되면 위험해!'

6서클의 경지에 발을 딛자마자 들이닥친 위험한 방문객.

각성의 파장이 그처럼 거대할지 몰랐다.

명백한 딕스의 실수지만 그로서도 어쩔 수 없는 상황이기도 했다.

그 상황에서 그 선택을 하지 않았다면 어쩜 6서클로의 도약은 먼 훗날이 되었을 것이다.

복과 화.

역시 쌍으로 찾아오는 놈들이다.

"죽어라, 노도!"

액체!

이 단어가 불쑥 딕스의 머릿속에 떠오른다.

앞서 자신이 흡수했던 물의 그림자 마법사들처럼 자신도

그처럼 된다면 지금의 이 위기에서 벗어날 수 있다.

이 놀라운 기술을 왜 자신은 사용할 수 없을까?

이 순간 무수한 물음이 그의 내부에서 폭발한다.

그때였다.

그의 내부에서 이 물음에 대한 답이 고개를 내밀었다.

깜깜한 어둠 속에서 이것은 딕스에게 빛이었다.

구원이었다.

딕스는 반사적으로 이 힘을 붙잡았다.

그 순간 두 바람의 그림자 마법사가 날린 무시무시한 바람의 힘이 그를 강타했다.

"잡았다!"

"됐다!"

두 바람의 그림자 마법사의 이 짧은 음성에는 기쁨과 안도감이 가득 담겨 있었다.

확실히 딕스는 두 줄기 바람에 얻어맞았다.

그러나 이들 두 사람은 승리감에 도취되어 잊고 있는 게 있었다.

죽음의 메아리, 즉 비명을 이들은 듣지 못했다는 것이다.

이들의 머리 위에 물 덩이가 꿈틀거린다.

물의 덩어리는 외지를 찾은 어수룩한 관광객처럼, 첫걸음을 떼는 아이처럼 어색함을 보이고 있었다.

물의 덩어리. 그건 딕스였다.

위기의 순간 고개를 내민 새로운 힘을 잡아챈 것이 바로 이 액체화의 비밀이었다.

묵직함.

두 그림자 마법사는 딕스를 잡았다는 기쁨을 다 발산하기도 전에 이를 느꼈다.

두 녀석은 곧장 상공으로 시선을 던졌다.

꿈틀꿈틀.

"누, 누구?"

"언제?"

저 물의 덩어리가 딕스일 거라고 둘은 생각하지 못했다.

원소화 능력은 그림자 마법사의 고유 능력이었기에 둘 다 동료 중 하나일 것이라 생각했다.

그래서 둘은 별다른 공격을 가하지 않았고, 시선조차 주지 않았다.

그 순간 제 몸의 변화에 적응한 딕스는 액체화된 몸뚱이에 마나를 주입했다.

그러자 그의 물의 육신이 엄청난 속도로 팽창한다.

딕스의 물의 육신이 전장의 상공을 완벽하게 장악해 버린다.

순간 물의 하늘 아래 있던 모든 것들이 그 움직임을 일제히 멈추었다.

폭음과 파괴 음이 난립하던 장내에 깊고 묵직한 정적이 흘렀다.

시간이 멈춘 듯했다.

아우서를 비롯해 모두가 일제히 고개를 들어 하늘을 본다.

거대하다.

마치 바다를 머리에 이고 있는 듯하다.

모든 그림자 마법사들은 그러한 생각과 압박감을 느꼈다.

바다!

이들이 떠올린 물 덩어리의 위용은 충분히 그리 불릴 만도
했다.

6서클 마나의 힘. 하지만 그 힘은 결코 6서클의 마나에 머
물러 있지 않았다.

세계수의 눈물과 딕스의 오메가 핵이 결합했기에.

이는 강력한 물의 근원이 한 사람의 몸에서 하나가 됨을 의
미했다.

이는 더하기가 아닌 곱하기가 되어 딕스의 마력을 더욱더
강성하게 만들었다.

오메가 핵은 물을 만난 물고기처럼 힘이 넘쳐 나고 있었다.

주체할 수 없는 그 힘이 일제히 분출한다.

그래서 다들 바다를 머리에 이고 있는 기분을 느낀다.

"어, 어떻게……."

"마, 말도 안 돼! 이럴 수는 없어."

두려움과 당혹성이 섞이고 여기에 부정의 감정이 그림자
마법사들의 마음에 덧씌워진다.

하지만 이들이 직면한 것은 현실이다.

바다가… 지금 상공에 떠 있었다.

비현실적인 상황이다.

피할 수 없는 현실이다.

떨림이 더 무거운 정적을 불러온다.

오싹하다.

이 느낌을 그림자 마법사들은 꽤 오랫동안 잊고 살았었다.

그랬던 이들이 지금 집단으로 이러한 감정에 빠져들었다.

항거 불능.

이들 개개인은 뛰어난 전투력을 가진 위험한 맹수들이다.

하나 상위의 능력을 지닌 압도적인 맹수 앞에서 다들 꼬리를 내리고 만다.

도주라는 단어가 모두의 뇌리에 자리를 잡는다.

"피해!"

타지마가 소리쳤다.

대체 어디로 피한단 말인가. 하늘이 있어야 할 자리에… 바다가 있음인데.

노도의 의미는 무섭게 밀려오는 큰 파도란 뜻이다.

하늘을 장악한 바다가 움직인다.

산악처럼 큰 불덩이, 물 덩이, 바람과 흙더미는 변변한 저항도 못한 채 한순간에 침몰당했다.

*   *   *

"으라차차차차!"

퍼억!

키에에에엑!

페슈아 대숲 외곽.

인간 대 몬스터의 싸움이 벌어지고 있었다.

우수한 무기와 조직력으로 무장한 인간들을 상대로 몬스터들은 하나둘 쓰러진다.

"로드, 자브, 측면을 보강해. 알곤과 밀러는 후방으로 빠져서 지원사격 해!"

한 무리의 인간들, 그리고 이들을 일사불란하게 지휘하는 큰 덩치의 사내.

"행크, 너무 깊숙이 들어가지 말자. 더 이상은 무리야!"

측면을 보강하던 자브가 행크를 향해 소리친다.

"대숲의 외곽은 어중이떠중이도 다 클리어 하는 곳이야. 우리가 그런 어중간한 녀석들과 동급이 되어야 쓰겠냐? 좀 더 안쪽으로 들어가자."

인간의 발길을 막는 빽빽한 나무와 수풀, 그리고 위험한 늪이 저 안쪽에 도사리고 있음을 어찌 알겠는가.

몬스터보다 더 위협적인 자연의 수비병들이 끝없이 펼쳐져 있음을.

용기가 점점 객기로 치우치고 있다.

이는 앞서의 승리가 던져 준 달콤한 미끼였다.

겁도 없이 행크는 이를 덥석 물었다.

그리고 몇몇 그의 동료들도 행크와 같은 마음이다.

안전을 우선시하던 다른 이들은 그래서 소심한 녀석으로 눈총 받는다.

"진격!"

우렁찬 목소리로 행크가 소리치자 모두들 고함을 내지르며 앞으로 나아간다.

그렇게 이들은 숲 안쪽으로 들어섰다.

난관.

사람들이 페슈아 대숲을 미지의 영역이라 단언한 이유를 그들은 뒤늦게 깨달았다.

후회는 늘 되돌릴 수 없는 상황에서 찾아오는 법이다.

모두 만신창이가 된 모습으로 몇 날을 숲을 떠돌아 다녔다.

몬스터를 잡으러 온 이들은 이제 그 몬스터의 소리에도 깜짝깜짝 놀라 움츠러들었다.

하다못해 작은 동물의 소리에도 화들짝했다.

분실한 방향감각.

떨어진 식량과 식수.

갈증을 못 참은 몇몇이 웅덩이의 물을 마시고 일행의 짐이 되어버렸다.

설사와 구토와 복통을 호소하는 동료.

이들을 바라보는 행크의 마음은 무척이나 무거웠다.

아버지로부터 늘 자만심을 경계하라는 말을 귀에 못이 박히도록 들었다.

한데 고작 몇 번의 승리로 그만 자만의 늪에 빠져 버리고 말았다.

'내 탓이야. 내 탓! 크흑.'

이곳에서 무사히 빠져나갈 수 있다면 두 번 다시 오늘과 같은 실수를 반복하지 않으리라.

그는 그렇게 다짐하며 어두컴컴한 숲을 우울한 눈으로 바라보며 깊은 한숨을 내쉬었다.

끽끽, 끼이이익!

무력감에 빠진 행크와 그 일행의 청각을 자극하는 몬스터의 소리가 들린다.

이에 다들 바짝 긴장하며 방어 태세를 갖추었다.

일행의 절반이 병에 걸렸다.

전투력은 절반으로 깎였다.

아니, 절반의 절반일 것이다.

제대로 먹지도 못했으니 어찌 제대로 힘을 내서 싸울 수 있겠는가.

부들부들.

무기를 쥔 자들의 손이 떨린다.

어떤 이는 다리까지 떨고 있었다.

외곽의 몬스터와 달리 안쪽의 몬스터는 교활하다.

여기에다 숲과 동화되는 능력이 탁월해서 두 눈으로 보고도 몬스터를 식별하기 힘들다.

"환자와 짐꾼들을 중앙으로 모아!"

행크가 다급히 소리친다.

이런 그의 목소리엔 힘이 없었고, 희망이 결여되어 있었다.

숲의 몬스터는 곶감 빼먹듯 인간들을 하나하나 잡아다 먹어치웠다.

배가 꺼질 때가 되면 놈들은 어김없이 이들을 찾아왔다.

놈들의 쇠를 긁는 듯한 그 목소리는 그래서 사람들의 마음을 무겁게 한다.

몬스터가 어디서 튀어나올지 알 수 없다.

보호색으로 무장한 놈들이 기척을 죽이면 바로 옆에 있어도 알기 힘들다.

모두가 숨을 죽인 채 청각을 돋운다.

그나마 믿을 수 있는 감각은 청각뿐이기에.

두근두근.

모두 제 심장의 긴장된 박동과 동료의 심장박동을 듣는다.

침 넘기는 소리에도 다들 민감하게 반응한다.

쉭.

허공을 가르는 파공성.

"11시 방향이다! 쏴!"

다급하게 행크가 소리 질렀다.

그의 말이 떨어지기 무섭게 세 발의 화살이 일행의 11시 방향으로 쏘아졌다.

퍽퍽퍽!

안타깝게도 이들이 쏜 화살은 표적을 놓쳐 버렸다.

"으아아아악!"

후방에 있던 이들의 동료 하나가 갈고리 같은 몬스터의 손톱에 아래턱이 꿰어 나무 위로 끌려 올라갔다.

두 다리를 바동대던 동료의 다리가 힘없이 축 쳐진다.

좌아악.

"뒤쪽이다! 뒤쪽이야!"

당황한 이들이 일제히 소리치며 몬스터에게 끌려가는 동료를 본다.

그 동료를 확인한 행크가 목이 터져라 소리친다.

"자아아아아브!"

앞서 석궁을 날린 터라 끌려 올라가는 자브를 구할 방법이 없었다.

강력한 힘과 민첩함은 대숲 안쪽에 서식하는 몬스터의 또 하나의 무기였다.

우거진 나뭇가지와 이파리 사이로 자브의 모습이 그렇게

사라졌다.

몬스터는 오늘도 사냥에 성공했다.

송아지처럼 큰 행크의 눈에서 닭똥 같은 눈물이 뚝뚝 떨어진다.

다른 이들도 제 입을 틀어막으며 울었다.

그때였다, 모두가 포기한 동료 자브가 나무 아래로 떨어진 것은.

한데 그것은 추락과는 달랐다.

떨어지는 속도는 느렸고, 착지점은 충격을 흡수하기에 적합한 늪이 있는 곳이었다.

늪에 빠진 자브가 허우적거렸다.

이를 확인한 행크와 그 동료들이 급히 밧줄을 던졌다.

자브는 사력을 다해서 밧줄을 붙잡았다.

모두가 힘을 합쳐 자브를 늪에서 끌어냈다.

"자브!"

행크가 자브를 품에 안고 그의 상태를 확인했다. 턱의 피부에 구멍이 뚫린 것을 제외하면 뼈는 다치지 않았다.

목숨에도 지장이 없었다.

다들 자브의 무사 귀환을 크게 기뻐했다.

그러다 모두가 의구심에 빠졌다.

몬스터가 왜 저 친구를 떨어뜨렸을까?

이러한 의문은 곧 풀렸다.

자브가 끌려 올라갔던 나무에서 상반신과 하반신이 분리된 몬스터의 사체가 떨어졌기 때문이다.

"……?"

"뭐, 뭐지?"

다들 어리둥절한 표정으로 그 나무만 쳐다보았다.

나뭇가지와 이파리가 크게 흔들리더니 그 속에서 웬 사내가 넝쿨을 타고 미끄러져 내렸다.

큰 후드에 로브를 입은 사내였다.

모두가 꿀 먹은 벙어리가 되어 사내를 예의 주시했다.

꿀꺽.

이곳에서 사람을 만나다니. 저 로브의 사내가 제국에서 공포의 대명사로 자리매김한 마인 노도라도 달려가 안아주리라.

다들 이러한 생각을 했다.

몬스터의 밥이 되느니 차라리 노도의 손에 깨끗하게 죽는 게 더 낫기에.

두근두근.

그래도 저마다의 심장박동이 큰 것은 아직 삶에 대한 애착이 남았기 때문이다.

지금 쓰러지기에는 청춘이 너무 아깝지 않은가.

큰 후드의 로브 사내. 그는 딕스였다.

'저 녀석, 어쩌자고 여기까지 기어들어 온 거야?'

두려움과 반가움을 그 얼굴에 노골적으로 드러낸 행크를

보며 딕스는 내심 혀를 끌끌 찬다.

오늘 자신을 만나지 못했다면 행크와 그 일행은 분명히 숲의 영양분이 되고 말았으리라.

생면부지였다면 딕스는 이들의 현실에 개입하지 않았을 것이다.

딕스는 과묵한 숲의 안내자가 되어 모두를 안전한 곳까지 인도했다.

빽빽하고 컴컴한 숲에서 벗어나자 모두가 제자리에 주저앉아 눈물을 찔끔거렸다.

젊음의 특권을 무분별하게 쓴 대가로 이들 모두 혹독한 경험을 했다.

고통과 절망과 상실감이 이들의 내면에서 변모해 훗날 도약을 위한 훌륭한 자양분이 되리라.

"고, 고맙습니다."

울 듯 말 듯 한 표정으로 딕스에게 다가온 행크가 그 큰 머리를 숙인다.

녀석을 물끄러미 응시하던 딕스는 바닥에 물방울이 하나둘 떨어지는 것을 보게 되었다.

자책과 슬픔의 눈물임을 딕스는 알아보았다.

묵묵히 행크를 보던 딕스는 말없이 몸을 돌렸다.

"은인의 성함은 어찌 되십니까?"

짓궂은 장난기와 자신감이 행크의 얼굴에서 더는 보이지

않았다.

페슈아 대숲에서 딕스가 놀라운 힘을 얻었듯 행크 역시 이 숲에서 내면의 성장을 이루었다.

"알아 봐야 좋을 거 없다."

목소리를 변조한 딕스는 이 말을 남기곤 숲으로 들어가 버렸다.

그가 사라지는 것을 마지막까지 뚫어져라 바라보던 행크는 패잔병을 연상케 하는 동료들을 수습한 뒤 드론 시로 향했다.

'나에게도, 그리고 행크, 너에게도 이 숲은 좋은 선물을 준 것 같구나. 잘 살아라, 행크.'

지금은 저들의 발걸음이 무겁고, 어깨가 보잘것없이 축 처져 있지만 저들의 훗날은 이보다는 더 당당하리라.

『딕스전기』 9권에 계속…

이모탈 퓨전 판타지 소설
FUSION FANTASTIC STORY

워리어

Warrior

최강의 병기 메카닉 솔져,
판타지 세계로 떨어지다!

서기 2051년.
세계 최초의 메카닉 솔져 이산은
새로운 세계에 발을 딛게 된다.

"나는… 변한 건가?"

차가운 기계에서 따뜻한 피가 흐르는 인간으로!
카이론의 이름으로 새롭게 시작하는
진정한 전사의 일대기!

Book Publishing CHUNGEORAM

유행이 아닌 자유추구 -
WWW.chungeoram.com

북검전기

우각 新무협 판타지 소설

**2014년의 대미를 장식할,
작가 우각의 신작!**

『십전제』, 『환영무인』, 『파멸왕』…
그리고,
『북검전기』
무협, 그 극한의 재미를 돌파했다.

북천문의 마지막 후예, 진무원.
무너진 하늘 아래 홀로 서고, 거친 바람 아래 몸을 숙였다.

살기 위해! 철저히 자신을 숨기고
약하기에! 잃을 수밖에 없었다.

심장이 두근거리는 강렬한 무(武)!
그 걷잡을 수 없는 마력이,
북검의 손 아래 펼쳐진다!

Book Publishing CHUNGEORAM

유행이 아닌 자유추구 –
WWW.chungeoram.com

The Record of Dragon's Return

재중 귀환록

푸른 하늘 **장편 소설**

FUSION FANTASTIC STORY

용마검전
FANTASY FRONTIER SPIRIT
김재한 판타지 장편 소설

「폭염의 용제」, 「성운을 먹는 자」의 작가 김재한!
또다시 새로운 신화를 완성하다!

『용마검전』

사악한 용마족의 왕 아테인을 쓰러뜨리고
용마전쟁을 끝낸 용사 아젤!

그러나 그 대가로 받은 것은 죽음에 이르는 저주.
아젤은 저주를 풀기 위해 기나긴 잠에 빠져든다.

그로부터 220년 후……

긴 잠에서 깨어난 아젤이 본 것은
인간과 용마족이 더불어 살아가는 새로운 세상이었다.

Book Publishing CHUNGEORAM

유행이 아닌 자유추구 -
WWW.chungeoram.com